「手《て》ぶくろを買《か》いに」
「ごんぎつね」
はじまるよ♪

手《て》ぶくろを買《か》いに

／ごんぎつね

ほか　花《はな》のき村《むら》と盗人《ぬすびと》たち／決闘《けっとう》
／でんでんむしのかなしみ

作《さく》／新美南吉《にいみなんきち》
絵《え》／千野《せんの》えなが　pon-marsh《ぽん・まーしゅ》
たはらひとえ　佐々木《ささき》メエ

Gakken

動物《どうぶつ》と人《ひと》、虫《むし》――。五《いつ》つの感動物語《かんどうものがたり》

新美南吉《にいみなんきち》が作《つく》った、心《こころ》あたたまる、そしてときに悲《かな》しい、五《いつ》つの物語《ものがたり》。きれいなイラストといっしょに、味《あじ》わってみてね。

物語《ものがたり》 1

手《て》ぶくろを買《か》いに

きつねの親子《おやこ》がすんでいる森《もり》に、寒《さむ》い冬《ふゆ》がやってきます。子《こ》どものきつねは、一ぴきで、人間《にんげん》の町《まち》に、手《て》ぶくろを買《か》いに行《い》くことになります――。

子《こ》どものきつね

雪《ゆき》がどっさりふって、
おどろいているよ。

雪《ゆき》でつめたくなった手《て》を、母《かあ》さんぎつねにさしだすと……。

ここをめくってね。

物語《ものがたり》2

ごんぎつね

ひとりぼっちのきつね、ごんは、村《むら》でいたずらばかりしていました。あるときから、ごんは、村《むら》のわか者《もの》の兵十《ひょうじゅう》に、こっそり物《もの》をとどけるようになります。

ごん
山《やま》にすむ、いたずらずきの、小《ちい》さなきつね。

兵十《ひょうじゅう》
おっ母《かあ》と二人《ふたり》で、村《むら》に住《す》んでいるわか者《もの》。

ごんと兵十《ひょうじゅう》の思《おも》いが、すれちがう

ごんは、見《み》つからないよう、兵十《ひょうじゅう》に、おくり物《もの》をとどけるけれど——。

ごん
兵十《ひょうじゅう》の家《いえ》に、いわしを投《な》げこむ。

兵十《ひょうじゅう》
いわし屋《や》に、いわしを盗《ぬす》んだと、まちがえられる。

ごん
反省《はんせい》する。兵十《ひょうじゅう》の家《いえ》に、山《やま》のくりや、松《まつ》たけを、とどける。

兵十《ひょうじゅう》
村《むら》の人《ひと》に、神様《かみさま》のめぐみだといわれて、そうかなあと思《おも》う。神様《かみさま》にお礼《れい》をいおうかな。

ごん
おれが持《も》っていっているのに、兵十《ひょうじゅう》は神様《かみさま》にお礼《れい》をいうのか・・・・。

それでも、おくり物《もの》をとどけるのだけれど——。兵十《ひょうじゅう》はいつか、おれのこと、気《き》づいてくれるかな。

次《つぎ》のお話《はなし》へ

おれと同《おな》じ、ひとりぼっちの兵十《ひょうじゅう》か。

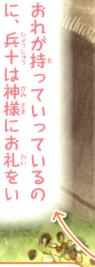

物語《ものがたり》 3

花《はな》のき村《むら》と盗人《ぬすびと》たち

花《はな》のき村《むら》という、見《み》るからに平和《へいわ》な村《むら》に、五人《にん》組《ぐみ》の盗人《ぬすびと》たちがやってきます。そのうち四人《にん》は、今日《きょう》から盗人《ぬすびと》になった新人《しんじん》たちでした——。

ベテランの盗人《ぬすびと》

かしら

ずっと前《まえ》から、盗人《ぬすびと》として、一人《ひとり》で悪《わる》さをしてきた。

親分《おやぶん》 — 弟子《でし》たち

新人《しんじん》の盗人《ぬすびと》たち

鉋太郎《かんなたろう》

きのうまでは、大工《だいく》の修行《しゅぎょう》をしていた。大工《だいく》のむすこ。

角兵衛《かくべえ》

きのうまでは、笛《ふえ》やたいこに合《あ》わせて、曲芸《きょくげい》をしていた少年《しょうねん》。

釜え門《かまもん》

きのうまで、釜《かま》をつくっていた、釜師《かまし》。

海老の丞《えびじょう》

きのうまで、戸《と》が開《ひら》かないようにする金具《かなぐ》をつくっていた、錠前屋《じょうまえや》。

花《はな》のき村《むら》にのりこんだ盗人《ぬすびと》たち
さっそくお金持《かねも》ちの家《いえ》に盗《ぬす》みに入《はい》ろうとしたのですが……、思《おも》いがけないことが起《お》こります。

牛《うし》をつれた、ふしぎな男《おとこ》の子《こ》が登場《とうじょう》！

かしら、思《おも》わずなみだを流《なが》す！

そのわけは!?

鉋太郎《かんなたろう》、りっぱな家《いえ》を発見《はっけん》して、大工《だいく》の父《ちち》に見《み》せたいと感動《かんどう》！

ほかの弟子《でし》たちも、つい、盗人《ぬすびと》の仕事《しごと》をわすれる!?

盗人《ぬすびと》たちは、このあと、どうなるのかな!?　このほか、少年《しょうねん》が、愛犬《あいけん》をじまんしあう「決闘《けっとう》」、でんでんむしが主人公《しゅじんこう》の「でんでんむしのかなしみ」が入《はい》っているよ。お楽《たの》しみに！

原作者《げんさくしゃ》ノート

新美《にいみ》南吉《なんきち》と物語《ものがたり》の世界《せかい》

この本《ほん》のお話《はなし》を書《か》いた新美南吉《にいみなんきち》について、しょうかいするよ。新美南吉《にいみなんきち》が育《そだ》ったふるさとが、お話《はなし》の舞台《ぶたい》にもなっているんだ。

新美《にいみ》南吉《なんきち》（1913～1943）

昭和時代《しょうわじだい》の童話作家《どうわさっか》。愛知県《あいちけん》生《う》まれ。中学時代《ちゅうがくじだい》から童話《どうわ》を書《か》きはじめる。小学校《しょうがっこう》や女学校《じょがっこう》の教師《きょうし》をしながら作品《さくひん》を書《か》きつづけたが、病気《びょうき》のため二十九歳《さい》でなくなる。代表作《だいひょうさく》「手《て》ぶくろを買《か》いに」「ごんぎつね」のほか、「牛《うし》をつないだ椿《つばき》の木《き》」「おじいさんのランプ」「正坊《しょうぼう》とクロ」など人々《ひとびと》に愛《あい》される、たくさんの作品《さくひん》をのこす。

「ごんぎつね」は、南吉《なんきち》が18歳《さい》のときに書《か》いた作品《さくひん》！

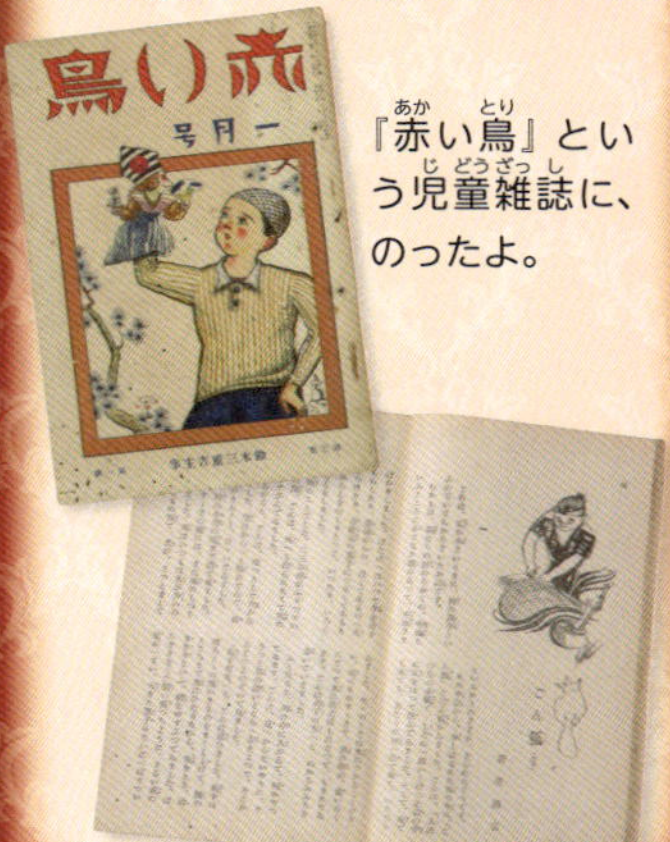

『赤《あか》い鳥《とり》』という児童雑誌《じどうざっし》に、のったよ。

新美《にいみ》南吉《なんきち》のふるさとと物語《ものがたり》

南吉《なんきち》は、愛知県《あいちけん》のとても自然《しぜん》がゆたかな所《ところ》で生《う》まれそだったんだ。物語《ものがたり》に登場《とうじょう》する場所《ばしょ》もあるよ。

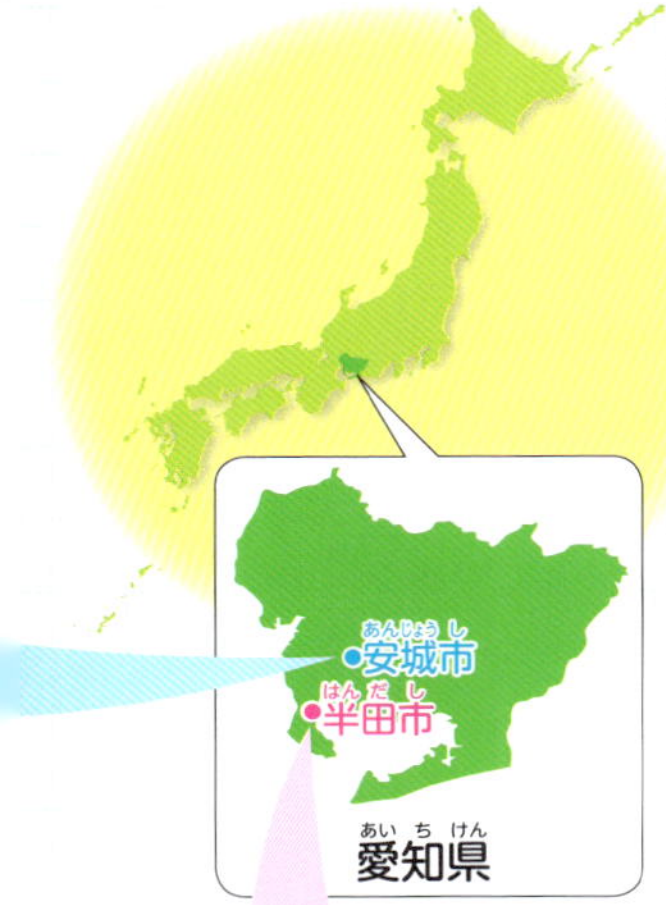

父親《ちちおや》はたたみ職人《しょくにん》で、商店《しょうてん》もいとなんでいたよ。「狐《きつね》」など、南吉《なんきち》の作品《さくひん》の舞台《ぶたい》にもなっているんだ。

写真協力／新美南吉記念館、安城市

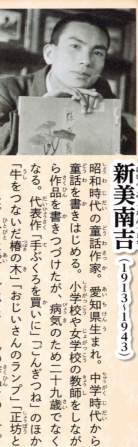

ごんがすんでいた!? 権現山《ごんげんやま》

「ごんぎつね」で、ごんがすむ山《やま》として考《かんが》えられている、小《ちい》さな山《やま》。南吉《なんきち》がおさないころは、このあたりには、きつねがいたよ。

*ここは、阿久比町《あぐいちょう》です。また現在《げんざい》、知多半島《ちたはんとう》には、きつねがもどってきています。

新美南吉《にいみなんきち》の下宿先《げしゅくさき》

南吉《なんきち》が、教師《きょうし》をしていたとき、住《す》んでいた部屋《へや》。ここで、「おじいさんのランプ」などの作品《さくひん》を書いたよ。

"花《はな》のき村《むら》"のモデル!?

「花《はな》のき村《むら》と盗人《ぬすびと》たち」の舞台《ぶたい》といわれる、花ノ木《はなのき》町《ちょう》がある。となりの桜町《さくらまち》には、南吉《なんきち》が、教師《きょうし》として通《かよ》った学校《がっこう》があったよ。

兵十《ひょうじゅう》が魚《さかな》をとっていた矢勝川《やかちがわ》

「ごんぎつね」で、兵十《ひょうじゅう》がうなぎをとっていた川《かわ》として登場《とうじょう》するよ。

「ごんぎつね」の話《はなし》のはじめに登場《とうじょう》

「ごんぎつね」に出《で》てくる中山《なかやま》という場所《ばしょ》は、このあたりが舞台《ぶたい》。今《いま》、そのふもとには新美南吉記念館《にいみなんきちきねんかん》があるよ。

南吉《なんきち》の母校《ぼこう》。大人《おとな》になってからは、先生《せんせい》として生徒《せいと》に教《おし》えたこともあるよ。

新美南吉《にいみなんきち》は、わかくして名作《めいさく》をたくさん書《か》いたんだよ。さあ、さっそく、物語《ものがたり》を読《よ》んでみてね!

※地図《ちず》は現代《げんだい》のものです。

もくじ

※この本《ほん》では、小学生《しょうがくせい》が楽《たの》しめるように、現代語表記《げんだいごひょうき》にし、句読点《くとうてん》や改行《かいぎょう》、仮名《かな》づかいなどを調整《ちょうせい》しています。
挿絵《さしえ》については、原作《げんさく》をふまえながら、親《した》しみやすく表現《ひょうげん》しています。

手《て》ぶくろを買《か》いに

絵／千野えなが

寒《さむ》い冬《ふゆ》が、北方《ほっぽう》から、きつねの親子《おやこ》のすんでいる森《もり》へも、やってきました。

ある朝《あさ》、ほらあなから、子《こ》どものきつねが出《で》ようとしましたが、

「あっ。」

とさけんで、目《め》をおさえながら、母《かあ》さんぎつねのところへ転《ころ》げてきました。

「母《かあ》ちゃん、目《め》に何《なに》かささった、ぬいてちょうだい、早《はや》く早《はや》く。」

といいました。

母《かあ》さんぎつねがびっくりして、あわてふためきながら、目《め》をおさえている子《こ》どもの手《て》を、おそるおそる取《と》りのけて見《み》ましたが、何《なに》もささってはいませんでした。

母《かあ》さんぎつねは、ほらあなの入《い》り口《ぐち》から外《そと》へ出《で》て、はじめてわけがわかりました。

昨夜《さくや》のうちに、真《ま》っ白《しろ》な雪《ゆき》が、どっさりふったのです。その雪《ゆき》の上《うえ》からお日様《ひさま》がキラキラとてらしていたので、雪《ゆき》はまぶしいほど反《はん》射《しゃ》していたのです。

雪《ゆき》を知《し》らなかった子《こ》どものきつねは、あまり強《つよ》い反射《はんしゃ》を受《う》けたので、目《め》に何《なに》かささったと思《おも》ったのでした。

子《こ》どものきつねは、遊《あそ》びに行《い》きました。*真《ま》わたのようにやわらかい雪《ゆき》の上《うえ》をかけまわると、雪《ゆき》の粉《こな》が、しぶきのようにとびちって、小《ちい》さいにじが、すっとうつるのでした。

するとつぜん、後《うし》ろで、ドタドタ、ザーッと、ものすごい音《おと》が

*真《ま》わた…カイコのまゆから作《つく》ったわた。やわらかく、あたたかさをたもつ。

して、パン粉《こ》のような粉雪《こなゆき》が、ふわーっと子《こ》ぎつねに、おっかぶさってきました。

子《こ》ぎつねはびっくりして、雪《ゆき》の中《なか》に転《ころ》がるようにして、十メートルも向《む》こうへにげました。

なんだろうと思《おも》って、ふりかえってみましたが、何《なに》もいませんでした。

それは、*1もみのえだから、雪《ゆき》がなだれおちたのでした。まだ、えだとえだの間《あいだ》から、白《しろ》い*2絹糸《きぬいと》のように雪《ゆき》がこぼれていました。

＊１もみ…マツ科《か》の木《き》。クリスマスツリーとして使《つか》われる。＊２絹糸《きぬいと》…カイコのまゆから作《つく》った糸《いと》。

間《ま》もなく、ほらあなへ帰《かえ》ってきた子《こ》ぎつねは、

「お母《かあ》ちゃん、お手《て》がつめたい、お手《て》がちんちんする。」

といって、ぬれて、[*1]ぼたん色《いろ》になった両手《りょうて》を母《かあ》さんぎつねの前《まえ》にさしだしました。

母《かあ》さんぎつねは、その手《て》に、は――っと息《いき》をふっかけて、[*2]ぬくとい母《かあ》さんの手《て》でやんわりつつんでやりながら、

「もうすぐ、あたたかくなるよ、雪《ゆき》をさわると、すぐあたたかくなるもんだよ。」

といいましたが、かわいいぼうやの手《て》に、しもやけができてはかわいそうだから、夜《よる》になったら、町《まち》まで行《い》って、ぼうやのお手《て》に合《あ》うような、毛糸《けいと》の手《て》ぶくろを買《か》ってやろうと思《おも》いました。

暗《くら》い暗《くら》い夜《よる》が、ふろしきのようなかげを広《ひろ》げて、野《の》原《はら》や森《もり》をつつみにやってきましたが、雪《ゆき》はあまり白《しろ》いので、つつんでもつつんでも白《しろ》くうかびあがっていました。

親子《おやこ》の*3銀《ぎん》ぎつねは、ほらあなから出《で》ました。子《こ》どものほうは、お母《かあ》さんのおなかの下《した》へ入《はい》りこんで、そこから、真《ま》ん丸《まる》な目《め》をぱちぱちさせながら、あっちやこっちを見《み》ながら歩《ある》いていきました。

やがて、行《ゆ》く手《て》に、ぽっつり、明《あ》かりが一《ひと》つ見《み》えはじめました。

それを子《こ》どものきつねが見《み》つけて、

「母《かあ》ちゃん、お星様《ほしさま》は、あんなひくい所《ところ》にも落《お》ちてるのねえ」と、ききました。

「あれは、お星様《ほしさま》じゃないのよ。」

*1ぼたん色《いろ》…あざやかな赤《あか》むらさき色《いろ》。 *2ぬくとい…あたたかい。ぬくい。 *3銀《ぎん》ぎつね…カナダなどにいる、シルバーフォックスを指《さ》すこともありますが、この本《ほん》では、きつねの毛《け》が雪《ゆき》の中《なか》、月光《げっこう》で光《ひか》ったと解釈《かいしゃく》し、イラストでは黄《き》～茶《ちゃ》かっ色《しょく》のきつねにしています。

といって、そのとき、母《かあ》さんぎつねの足《あし》は*すくんでしまいました。

「あれは、町《まち》の灯《ひ》なんだよ。」

その町《まち》の灯《ひ》を見《み》たとき、母《かあ》さんぎつねは、あるとき、町《まち》へお友《とも》だちと出《で》かけていって、とんだ目《め》にあったことを、思《おも》いだしました。およしなさいっていうのも聞《き》かないで、お友《とも》だちのきつねが、ある家《いえ》のあひるをぬすもうとしたので、お百《ひゃく》しょうに見《み》つかって、さんざ追《お》いまくられて、命《いのち》からがらにげたことでした。

「母《かあ》ちゃん、何《なに》してんの、早《はや》く行《い》こうよ。」

と、子《こ》どものきつねが、おなかの下《した》からいうのでしたが、母《かあ》さんぎつねはどうしても足《あし》が進《すす》まないのでした。そこで、仕方《しかた》がないので、ぼうやだけを一人《ひとり》で、町《まち》まで行《い》かせることになりました。

「ぼうや、お手《て》てをかたほう、お出《だ》し。」

と、お母《かあ》さんぎつねがいいました。

その手《て》を、母《かあ》さんぎつねは、しばらくにぎっている間《あいだ》に、かわいい人間《にんげん》の子《こ》どもの手《て》にしてしまいました。ぼうやのきつねはその手《て》を広《ひろ》げたりにぎったり、つねってみたり、かいでみたりしました。

*すくむ……体《からだ》がこわばって、動《うご》けなくなる。

「なんだかへんだな、母《かあ》ちゃん、これなあに？」

といって、雪明《ゆきあ》かりに、また、その、人間《にんげん》の手《て》にかえられてしまった自分《じぶん》の手《て》を、しげしげと見《み》つめました。

「それは人間《にんげん》の手《て》よ。いいかいぼうや、町《まち》へ行《い》ったらね、たくさん人間《にんげん》の家《いえ》があるからね、まず、表《おもて》にまるいシャッポのかん板《ばん》のかかっている家《いえ》をさがすんだよ。それが見《み》つかったらね、トントンと戸《と》をたたいて、こんばんはっていうんだよ。そうするとね、中《なか》から人間《にんげん》が少《すこ》うし戸《と》を開《あ》けるからね、その戸《と》のすき間《ま》から、こっちの手《て》、ほら、この人間《にんげん》の手《て》をさしいれてね、この手《て》にちょうどいい、手《て》ぶくろちょうだいっていうんだよ、わかったね、決《けっ》して、こっちのお手《て》てを出《だ》しちゃだめよ。」

と、母《かあ》さんぎつねは、いいきかせました。

「どうして？」

と、ぼうやのきつねは、ききかえしました。

「人間《にんげん》はね、相手《あいて》がきつねだとわかると、手《て》ぶくろを売《う》ってくれないんだよ。それどころか、つかまえて、おりの中《なか》へ入《い》れちゃうんだよ。人間《にんげん》って、ほんとにこわいものなんだよ。」

「ふうん。」

「決《けっ》して、こっちの手《て》を出《だ》しちゃいけないよ、こっちのほう、ほら、人間《にんげん》の手《て》のほうをさしだすんだよ。」

といって、母《かあ》さんのきつねは、持《も》ってきた二《ふた》つの*2白銅貨《はくどうか》を、人間《にんげん》の手《て》のほうへ、にぎらせてやりました。

*1シャッポ…フランス語《ご》でぼうしのこと。とくに、つばのあるぼうしのこと。*2白銅貨《はくどうか》…銀白色《ぎんはくしょく》のコイン。銅《どう》とニッケルで、つくられている。

子《こ》どものきつねは、町《まち》の灯《ひ》を目当《めあ》てに、雪明《ゆきあ》かりの野原《のはら》をよちよちやっていきました。はじめのうちは一《ひと》つきりだった灯《ひ》が二《ふた》つになり、三《みっ》つになり、はては十にもふえました。きつねの子《こ》どもはそれを見《み》て、灯《ひ》には、星《ほし》と同《おな》じように、赤《あか》いのや黄色《きいろ》いのや、青《あお》いのがあるんだなと思《おも》いました。

やがて町《まち》に入《はい》りましたが、通《とお》りの家々《いえいえ》は、もうみんな戸《と》をしめてしまって、高《たか》いまどからあたたかそうな光《ひかり》が、道《みち》の雪《ゆき》の上《うえ》に落《お》ちているばかりでした。

けれど、表《おもて》のかん板《ばん》の上《うえ》には、たいてい、小《ちい》さな電灯《でんとう》がともっていましたので、きつねの子《こ》は、それを見《み》ながら、ぼうし屋《や》をさがしていきました。

自転車《じてんしゃ》のかん板《ばん》や、めがねのかん板《ばん》やそのほかいろんなかん板《ばん》が、あるものは、新《あたら》しいペンキでかかれ、あるものは、古《ふる》いかべのようにはげていましたが、町《まち》に、はじめて出《で》てきた子《こ》ぎつねには、それらのものがいったいなんであるか、わからないのでした。

とうとう、ぼうし屋《や》が見《み》つかりました。お母《かあ》さんが[*1]道々《みちみち》よく教《おし》えてくれた、黒《くろ》い大《おお》きな[*2]シルクハットのぼうしのかん板《ばん》が、青《あお》い電灯《でんとう》にてらされて、かかっていました。

子《こ》ぎつねは教《おし》えられたとおり、トントンと戸《と》をたたきました。

「こんばんは。」

すると、中《なか》では何《なに》か、コトコト音《おと》がしていましたが、やがて、戸《と》が[*3]一寸《すん》ほどゴロリと開《あ》いて、光《ひかり》のおびが、道《みち》の白《しろ》い雪《ゆき》の上《うえ》に長《なが》くのびました。

子《こ》ぎつねはその光《ひかり》がまばゆかったので、面《めん》くらって、まちがったほうの手《て》を、――お母《かあ》さんが出《だ》しちゃいけないといって、よく聞《き》かせたほうの手《て》を、すき間《ま》からさしこんでしまいました。

「このお手《て》てに、ちょうどいい手《て》ぶくろください。」

すると、ぼうし屋《や》さんは、おやおやと思《おも》いました。きつねの手《て》です。きつねの手《て》が手《て》ぶくろをくれというのです。これはきっと、木《こ》の葉《は》で買《か》いに来《き》たんだなと思《おも》いました。

そこで、

「先《さき》にお金《かね》をください。」

といいました。

子《こ》ぎつねは、すなおに、にぎってきた白銅貨《はくどうか》を二《ふた》つ、ぼうし屋《や》さんにわたしました。

ぼうし屋《や》さんは、それを人《ひと》さし指《ゆび》の先《さき》にのっけて、かちあわせてみると、チンチンとよい音《おと》がしましたので、これは木《こ》の葉《は》じゃない、

＊1道々《みちみち》…道《みち》を行《い》きながら。　＊2シルクハット…男性《だんせい》が礼服《れいふく》を着《き》るときにかぶる、絹《きぬ》を用《もち》いたつつの形《かたち》のぼうし。
＊3寸《すん》…昔《むかし》、日本で使《つか》われていた長《なが》さの単位《たんい》。一寸《すん》は約《やく》三センチメートル。

ほんとのお金《かね》だと思《おも》いましたので、たなから、子《こ》ども用《よう》の毛糸《けいと》の手《て》ぶくろを取《と》りだしてきて、子《こ》ぎつねの手《て》に持《も》たせてやりました。

子《こ》ぎつねは、お礼《れい》をいって、また、もと来《き》た道《みち》を帰《かえ》りはじめました。

「お母《かあ》さんは、人間《にんげん》は、おそろしいものだって、おっしゃったが、ちっともおそろしくないや。だって、ぼくの手《て》を見《み》ても、どうもしなかったもの。」

と思《おも》いました。けれど、子《こ》ぎつねは、いったい人間《にんげん》なんて、どんなものか見《み》たいと思《おも》いました。

あるまどの下《した》を通《とお》りかかると、人間《にんげん》の声《こえ》がしていました。なんというやさしい、なんという美《うつく》しい、なんというおっとりした声《こえ》なんでしょう。

「ねむれ　ねむれ　母《はは》のむねに、
ねむれ　ねむれ　母《はは》の手《て》に──。」

子《こ》ぎつねは、その歌声《うたごえ》は、きっと、人間《にんげん》のお母《かあ》さんの声《こえ》にちがいないと思《おも》いました。だって、子《こ》ぎつねがねむるときにも、やっぱり母《かあ》さんぎつねは、あんなやさしい声《こえ》でゆすぶってくれるからです。

すると今度《こんど》は、子《こ》どもの声《こえ》がしました。

「母《かあ》ちゃん、こんな寒《さむ》い夜《よる》は、森《もり》の子《こ》ぎつねは、寒《さむ》い寒《さむ》いって、ないてるでしょうね。」

すると、母《かあ》さんの声《こえ》が、

「森《もり》の子《こ》ぎつねも、お母《かあ》さんぎつねのお歌《うた》をきいて、ほらあなの中《なか》でねむろうとしているでしょうね。

さあ、ぼうやも早《はや》くねんねしなさい。森《もり》の子《こ》ぎつねとぼうやと、どっちが早《はや》くねんねするか、きっとぼうやのほうが、早《はや》くねんねしますよ。」

それを聞《き》くと、子《こ》ぎつねは、急《きゅう》にお母《かあ》さんがこいしくなって、お母《かあ》さんぎつねの待《ま》っているほうへ、とんでいきました。

お母《かあ》さんぎつねは、心配《しんぱい》しながら、ぼうやのきつねの帰《かえ》ってくるのを、今《いま》か今《いま》かと、ふるえながら待《ま》っていましたので、ぼうやが来《く》ると、あたたかいむねにだきしめて、なきたいほどよろこびました。

二ひきのきつねは、森《もり》のほうへ帰《かえ》っていきました。月《つき》が出《で》たので、きつねの毛《け》なみが銀色《ぎんいろ》に光《ひか》り、その足《あし》あとには、[*1]コバルトのかげがたまりました。

「母《かあ》ちゃん、人間《にんげん》って、ちっともこわかないや。」

「どうして？」

「[*2]ぼう、まちがえて、ほんとうのお手《て》て出《だ》しちゃったの。でも、ぼうし屋《や》さん、つかまえやしなかったもの。ちゃんとこんないい、あたたかい手《て》ぶくろ、くれたもの。」

といって、手《て》ぶくろのはまった両手《りょうて》を、パンパンやって見《み》せました。

*1コバルト…ここでは、あざやかな青色《あおいろ》のこと。　*2ぼう…男《おとこ》の子《こ》が、自分《じぶん》を指《さ》していう言葉《ことば》。

お母《かあ》さんぎつねは、

「まあ！」

と、あきれましたが、

「ほんとうに、人間《にんげん》はいいものかしら。ほんとうに、人間《にんげん》はいいものかしら。」

と、つぶやきました。


（「手《て》ぶくろを買《か》いに」おわり）

ごんぎつね

絵／pon-marsh

一

これは、わたしが小《ちい》さいときに、村《むら》の茂平《もへい》というおじいさんから聞《き》いたお話《はなし》です。

昔《むかし》は、わたしたちの村《むら》[*1]の近《ちか》くの、中山《なかやま》という所《ところ》に、小《ちい》さなお城《しろ》があって、中山様《なかやまさま》という、おとの様《さま》がおられたそうです。

その中山《なかやま》から、少《すこ》しはなれた山《やま》の中《なか》に、「ごんぎつね」というきつねがいました。ごんは、ひとりぼっちの小《こ》ぎつねで、しだ[*2]のいっぱいしげった森《もり》の中《なか》に、あなをほってすんでいました。そして、夜《よる》でも昼《ひる》でも、あたりの村《むら》へ出《で》てきて、いたずらばかりしました。

*1わたしたちの村《むら》…作者《さくしゃ》、新美南吉《にいみなんきち》のふるさと、愛知県知多郡半田市《あいちけんちたぐんはんだし》のあたりと考《かんが》えられている。*2しだ…おもに、日《ひ》かげや湿《しめ》った所《ところ》に生《は》える植物《しょくぶつ》。きつねが巣《す》としてこのむ環境《かんきょう》であれば、しだの中《なか》でも、日当《ひあ》たりのよい所《ところ》に生《は》えやすいことを指《さ》していると考《かんが》えられる。

畑《はたけ》へ入《はい》って、いもをほりちらしたり、*1菜種《なたね》がらの、ほしてあるのへ火《ひ》をつけたり、百《ひゃく》しょう家《や》のうら手《て》につるしてある、*2とんがらしをむしりとっていったり、いろんなことをしました。

ある秋《あき》のことでした。二、三日雨《にちあめ》がふりつづいたその間《あいだ》、ごんは、外《そと》へも出《で》られなくて、あなの中《なか》にしゃがんでいました。

雨《あめ》が上《あ》がると、ごんは、ほっとしてあなからはいでました。空《そら》はからっと晴《は》れていて、もずの声《こえ》が、キンキン、ひびいていました。

ごんは、村《むら》の小川《おがわ》の*3つつみまで出《で》てきました。あたりの、すすきのほには、まだ雨《あめ》のしずくが光《ひか》っていました。川《かわ》は、いつもは水《みず》が少《すく》ないのですが、三日《みっか》もの雨《あめ》で、水《みず》が、どっとましていました。*4ただのときは水《みず》につかることのない、川《かわ》べりのすすきや、*5はぎの*6かぶ

＊1菜種《なたね》がら…アブラナの、たねの油《あぶら》をとり、のこりの部分《ぶぶん》をほしたもの。
＊2とんがらし…とうがらしのこと。＊3つつみ…水《みず》があふれないように、土《つち》などをもりあげて高《たか》くした所《ところ》。＊4ただのとき…ふだん。いつも。

が、黄色《きいろ》くにごった水《みず》に横《よこ》だおしになって、もまれています。ごんは、川下《かわしも》のほうへと、ぬかるみ道《みち》を歩《ある》いていきました。

ふと見《み》ると、川《かわ》の中《なか》に人《ひと》がいて、何《なに》かやっています。ごんは、見《み》つからないように、そうっと草《くさ》の深《ふか》い所《ところ》へ歩《ある》きよって、そこから、じっとのぞいてみました。

「兵十《ひょうじゅう》だな。」

と、ごんは思《おも》いました。

兵十《ひょうじゅう》はぼろぼろの黒《くろ》い着物《きもの》をまくしあげて、こしのところまで水《みず》にひたりながら、魚《さかな》をとる、＊7はりきりという、あみをゆすぶっていました。はちまきをした顔《かお》の横《よこ》っちょうに、まるいはぎの葉《は》が一まい、大《おお》きなほくろみたいに、へばりついていました。

＊5はぎ…マメ科《か》の植物《しょくぶつ》。秋《あき》に、赤《あか》むらさき色《いろ》や白《しろ》い花《はな》がさく。＊6かぶ…草木《くさき》の、くきが束《たば》になった根元《ねもと》。＊7はりきり…あみを、川《かわ》はばいっぱいにはりきって、魚《さかな》をとること。そのあみのこと。

しばらくすると、兵十《ひょうじゅう》は、はりきりあみのいちばん後《うし》ろの、ふくろのようになったところを、水《みず》の中《なか》から持《も》ちあげました。その中《なか》には、*1しばの根《ね》や、草《くさ》の葉《は》や、くさった木《き》ぎれなどが、ごちゃごちゃ入《はい》っていましたが、でも、ところどころ、白《しろ》い物《もの》がきらきら光《ひか》っています。それは、太《ふと》いうなぎのはらや、大《おお》きなきす*2、のはらでした。兵十《ひょうじゅう》は、*3びくの中《なか》へ、そのうなぎやきすを、ごみといっしょにぶちこみました。そして、また、ふくろの口《くち》をしばって、水《みず》の中《なか》へ入《い》れました。

兵十《ひょうじゅう》はそれから、びくを持《も》って川《かわ》から上《あ》がり、びくを土手《どて》においといて、何《なに》をさがしにか、川上《かわかみ》のほうへかけていきました。

兵十《ひょうじゅう》がいなくなると、ごんは、ぴょいと草《くさ》の中《なか》からとびだして、

＊1しば…芝《しば》。ここでは、山野《さんや》に生《は》える雑草《ざっそう》と考《かんが》えられる。＊2きす…ここでは、はやというコイ科《か》の川魚《かわざかな》のこと。ウグイ・オイカワともいう。＊3びく…とった魚《さかな》を入《い》れておくための、かご。

びくのそばへかけつけました。ちょいと、いたずらがしたくなったのです。ごんは、びくの中《なか》の魚《さかな》をつかみだしては、はりきりあみのかかっている所《ところ》より、下手《しもて》の川《かわ》の中《なか》を目《め》がけて、ぽんぽん投《な》げこみました。

どの魚《さかな》も、トボンと音《おと》を立《た》てながら、にごった水《みず》の中《なか》へもぐりこみました。

いちばんしまいに、太《ふと》いうなぎをつかみにかかりましたが、何《なに》しろぬるぬるとすべりぬけるので、手《て》ではつかめません。ごんは、じれったくなって、頭《あたま》をびくの中《なか》につっこんで、うなぎの頭《あたま》を口《くち》にくわえました。うなぎは、キュッといって、ごんの首《くび》へ、まきつきました。そのとたんに兵十《ひょうじゅう》が、向《む》こうから、

「うわあ、ぬすとぎつねめ。」*1

と、どなりたてました。

ごんは、びっくりしてとびあがりました。

うなぎをふりすててにげようとしましたが、うなぎは、ごんの首《くび》

にまきついたまま、はなれません。ごんは、そのまま横《よこ》っとびにとびだして一生《いっしょう》けん命《めい》に、にげていきました。ほらあなの近《ちか》くの、*2はんの木《き》の下《した》でふりかえってみましたが、兵《ひょう》十《じゅう》は追《お》っかけてはきませんでした。

ごんは、ほっとして、うなぎの頭《あたま》をかみくだき、やっとはずしてあなの外《そと》の、草《くさ》の葉《は》の上《うえ》にのせておきました。

*1ぬすと……ぬすっと。どろぼう。　*2はんの木《き》……カバノキ科《か》の木《き》。山野《さんや》や、沼地《ぬまち》に生《は》える木《き》。

二

十日《とおか》ほどたって、ごんが、弥助《やすけ》というお百《ひゃく》しょうのうちのうらを通《とお》りかかりますと、そこの、いちじくの木《き》のかげで、弥助《やすけ》の*1家内《かない》が、*2お歯黒《はぐろ》をつけていました。*3かじ屋《や》の新兵衛《しんべえ》のうちのうらを通《とお》ると、新兵衛《しんべえ》の家内《かない》が、髪《かみ》をすいていました。

ごんは、

「ふふん、村《むら》に何《なに》かあるんだな。」

と思《おも》いました。

「なんだろう、秋祭《あきまつ》りかな。祭《まつ》りなら、たいこや笛《ふえ》の音《ね》がしそうな

＊１家内《かない》…つま、おくさん。＊２お歯黒《はぐろ》…昔《むかし》、結婚《けっこん》した女《おんな》の人《ひと》が、歯《は》を黒《くろ》くそめたこと。また、その液《えき》のこと。＊３かじ屋《や》…鉄《てつ》などの金属《きんぞく》を熱《ねっ》して打《う》ちきたえ、道具《どうぐ》をつくる職人《しょくにん》。＊４のぼり…細長《ほそなが》い布《ぬの》を、さおにつけた、はたの一種《いっしゅ》。

ものだ。それに第一《だいいち》、お宮《みや》にのぼり＊4が立《た》つはずだが。」

こんなことを考《かんが》えながらやってきますと、いつの間《ま》にか、表《おもて》に赤《あか》い井戸《いど》のある、兵十《ひょうじゅう》のうちの前《まえ》へ来《き》ました。その小《ちい》さな、こわれかけたうちの中《なか》には、大《おお》ぜいの人《ひと》が集《あつ》まっていました。よそいきの着物《きもの》を着《き》て、こしに手《て》ぬぐいを下《さ》げたりした女《おんな》たちが、表《おもて》のかまどで火《ひ》をたいています。大《おお》きななべの中《なか》では、何《なに》かぐずぐず煮《に》えていました。

「ああ、そう式《しき》だ。」

と、ごんは思《おも》いました。

「兵十《ひょうじゅう》のうちの、だれが死《し》んだんだろう。」

お昼《ひる》がすぎると、ごんは、村《むら》の墓地《ぼち》へ行《い》って、＊1六地《ろくじ》ぞうさんのかげにかくれていました。いいお天気《てんき》で、遠《とお》く向《む》こうには、お城《しろ》の屋《や》根《ね》がわらが光《ひか》っています。墓地《ぼち》には、＊2ひがん花《ばな》が、赤《あか》いきれのように、さきつづいていました。と、村《むら》のほうから、カーン、カーンと鐘《かね》が鳴《な》ってきました。そう式《しき》の出《で》る合図《あいず》です。

やがて、白《しろ》い着物《きもの》を着《き》た＊3そう列《れつ》の者《もの》たちがやってくるのが、ちらちら見《み》えはじめました。話《はな》し声《ごえ》も近《ちか》くなりました。

そう列《れつ》は、墓地《ぼち》へ入《はい》ってきました。人々《ひとびと》が通《とお》ったあとには、ひが

＊１六地《ろくじ》ぞう…人《ひと》の苦《くる》しみをすくう目的《もくてき》で、道《みち》ばたなどに六体《たい》ならべられた地《じ》ぞう。＊２ひがん花《ばな》…秋《あき》に、赤《あか》い花《はな》がさく植物《しょくぶつ》。＊３そう列《れつ》…亡《な》くなった人《ひと》を、墓《はか》へ送《おく》る人《ひと》の列《れつ》。当時《とうじ》、そう式《しき》では白《しろ》い服《ふく》を着《き》るのがしきたりだった。

ん花《ばな》が、ふみおられていました。

ごんは、のびあがって見《み》ました。

兵十《ひょうじゅう》が、白《しろ》いかみしも*4をつけて、いはい*5をささげています。いつもは、赤《あか》いさつまいもみたいな元気《げんき》のいい顔《かお》が、今日《きょう》はなんだかしおれていました。

「ははん、死《し》んだのは兵十《ひょうじゅう》のおっ母《かあ》だ。」

ごんは、そう思《おも》いながら、頭《あたま》を引《ひ》っこめました。

その晩《ばん》、ごんは、あなの中《なか》で考《かんが》えました。

「兵十《ひょうじゅう》のおっ母《かあ》は、とこについていて、うなぎが食《た》べたいといったにちがいない。それで兵十《ひょうじゅう》が、はりきりあみを持《も》ちだしたんだ。ところが、*6わしがいたずらをして、うなぎをとってきてしまった。

＊4かみしも…昔《むかし》、儀式《ぎしき》のときなどに着《き》た着物《きもの》。礼服《れいふく》。＊5いはい…亡《な》くなった人《ひと》の、仏《ほとけ》としての名《な》を書《か》いた木《き》の札《ふだ》。＊6わし…ごんは、文中《ぶんちゅう》ほかの部分《ぶぶん》では自《じ》分《ぶん》を「おれ」とよんでいますが、ここでは原文《げんぶん》のまま「わし」と表記《ひょうき》しています。

だから兵十《ひょうじゅう》は、おっ母《かあ》にうなぎを食《た》べさせることが、できなかった。

そのまま、おっ母《かあ》は、死《し》んじゃったにちがいない。ああ、うなぎが食《た》べたい、うなぎが食《た》べたいと思《おも》いながら、死《し》んだんだろう。ちょっ、あんないたずらをしなけりゃよかった。」

三

兵十《ひょうじゅう》が、赤《あか》い井戸《いど》の所《ところ》で、麦《むぎ》を*といでいました。

兵十《ひょうじゅう》は今《いま》まで、おっ母《かあ》と二人《ふたり》きりで、まずしいくらしをしていたもので、おっ母《かあ》が死《し》んでしまっては、もう、ひとりぼっちでした。

「おれと同《おな》じひとりぼっちの兵十《ひょうじゅう》か。」

こちらの物置《ものおき》の後《うし》ろから見《み》ていたごんは、

*とぐ…米《こめ》などを、水《みず》の中《なか》でこするようにしてあらう。昔《むかし》の日本では、しょ民《みん》は、米《こめ》と麦《むぎ》をまぜて食《た》べることが多《おお》かった。

そう思《おも》いました。

ごんは物置《ものおき》のそばをはなれて、向《む》こうへ行《い》きかけますと、どこかで、いわしを売《う》る声《こえ》がします。

「いわしの安売《やすう》りだあい。生《い》きのいい、いわしだあい。」

ごんは、その、いせいのいい声《こえ》のするほうへ走《はし》っていきました。と、弥助《やすけ》のおかみさんが、うら戸口《とぐち》から、

「いわしをおくれ。」

といいました。

いわし売《う》りは、いわしのかごをつんだ車《くるま》を道《みち》ばたにおいて、ぴかぴか光《ひか》るいわしを両手《りょうて》でつかんで、弥助《やすけ》のうちの中《なか》へ持《も》って入《はい》りました。

ごんは、その[＊1]すき間《ま》に、かごの中《なか》から、五、六ぴきのいわしをつかみだして、もと来《き》たほうへかけだしました。そして、兵十《ひょうじゅう》のうちのうら口《ぐち》から、うちの中《なか》へいわしを投《な》げこんで、あなへ向《む》かってかけもどりました。

とちゅうの坂《さか》の上《うえ》でふりかえってみますと、兵十《ひょうじゅう》がまだ、井戸《いど》の所《ところ》で麦《むぎ》をといでいるのが小《ちい》さく見《み》えました。

ごんは、うなぎの[＊2]つぐないに、まず一《ひと》つ、いいことをしたと思《おも》いました。

次《つぎ》の日《ひ》には、ごんは、山《やま》でくりをどっさりひろって、それをかかえて、兵十《ひょうじゅう》のうちへ行《い》きました。

うら口《ぐち》からのぞいてみますと、兵十《ひょうじゅう》は、昼《ひる》めしを食《た》べかけて、茶《ちゃ》

＊1すき間《ま》…ここでは、物事《ものごと》のあいている時間《じかん》。すき。　＊2つぐない…おかした罪《つみ》や、相手《あいて》にあたえた損害《そんがい》のうめあわせをすること。

わんを持《も》ったまま、ぼんやりと考《かんが》えこんでいました。
へんなことには、兵十《ひょうじゅう》のほっぺたに、かすりきずがついています。
どうしたんだろうと、ごんが思《おも》っていますと、兵十《ひょうじゅう》がひとりごとをいいました。

「いったい、だれが、いわしなんかをおれのうちへ放《ほう》りこんでいったんだろう。おかげで、おれは盗人《ぬすびと》と思《おも》われて、いわし屋《や》のやつに、ひどい目《め》にあわされた。」

と、ぶつぶついっています。
ごんは、「これはしまった」と思《おも》いました。

「かわいそうに、兵十《ひょうじゅう》は、いわし屋《や》にぶんなぐられて、あんなきずまでつけられたのか。」

ごんはこう思《おも》いながら、そっと物置《ものおき》のほうへ回《まわ》って、その入《い》り口《ぐち》に、くりをおいて帰《かえ》りました。

次《つぎ》の日《ひ》も、その次《つぎ》の日《ひ》も、ごんは、くりをひろっては、兵十《ひょうじゅう》の家《いえ》へ、持《も》ってきてやりました。その次《つぎ》の日《ひ》には、くりばかりでなく、松《まつ》たけも二、三本《ぼん》、持《も》っていきました。

四

月《つき》のいい晩《ばん》でした。ごんは、ぶらぶら遊《あそ》びに出《で》かけました。中山《なかやま》様《さま》のお城《しろ》の下《した》を通《とお》って少《すこ》し行《い》くと、細《ほそ》い道《みち》の向《む》こうから、だれか来《く》るようです。話《はな》し声《ごえ》が聞《き》こえます。チンチロリン、チンチロリンと*松虫《まつむし》が鳴《な》いています。

ごんは、道《みち》のかたがわにかくれて、じっとしていました。話《はな》し声《ごえ》は、だんだん近《ちか》くなりました。それは、兵十《ひょうじゅう》と、加助《かすけ》というお百《ひゃく》しょうでした。

「そうそう、なあ、加助《かすけ》。」

と、兵十《ひょうじゅう》がいいました。

「ああん？」

「おれあ、このごろ、とても、ふしぎなことがあるんだ。」

「何《なに》が？」

「おっ母《かあ》が死《し》んでからは、だれだか知《し》らんが、おれに、くりや松《まつ》たけなんかを、毎日毎日《まいにちまいにち》くれるんだよ。」

「ふうん、だれが？」

「それがわからんのだよ。おれの知《し》らんうちに、おいていくんだ。」

ごんは、二人《ふたり》のあとをつけていきました。

「ほんとかい？」

「ほんとだとも。うそと思《おも》うなら、あした見《み》にこいよ。そのくりを

＊松虫《まつむし》…コオロギの仲間《なかま》の虫《むし》。秋《あき》に鳴《な》く。

見《み》せてやるよ。」

「へえ、へんなこともあるもんだなあ。」

それなり、二人《ふたり》は、だまって歩《ある》いていきました。

加助《かすけ》がひょいと、後《うし》ろを見《み》ました。ごんはびくっとして、小《ちい》さくなって立《た》ちどまりました。

加助《かすけ》は、ごんには気《き》がつかないで、そのままさっさと歩《ある》きました。吉兵衛《きちべえ》というお百《ひゃく》しょうのうちまで来《く》ると、二人《ふたり》はそこへ入《はい》っていきました。

ポンポンポンポンと、＊1木魚《もくぎょ》の音《おと》がしています。まどの＊2しょうじに明《あ》かりがさしていて、大《おお》きなぼうず頭《あたま》がうつって、動《うご》いていました。

＊1木魚《もくぎょ》…おきょうを読《よ》むときや念仏《ねんぶつ》をとなえるときにたたく、木製《もくせい》の道具《どうぐ》。
＊2しょうじ…木《き》のわくに紙《かみ》をはった、とびらやまどに使《つか》う用具《ようぐ》。＊3お念仏…亡《な》くなった人《ひと》をしのび、関係《かんけい》のある人《ひと》たちで集《あつ》まり、念仏《ねんぶつ》をとなえること。

ごんは、
「＊3お念仏《ねんぶつ》があるんだな。」
と思《おも》いながら、井戸《いど》のそばにしゃがんでいました。しばらくすると、また三人《にん》ほど、人《ひと》がつれだって、吉兵衛《きちべえ》のうちへ入《はい》っていきました。＊4おきょうを読《よ》む声《こえ》が聞《き》こえてきました。

＊4きょう…仏《ほとけ》のといた教《おし》えを、書《か》きとめたもの。

五

ごんは、お念仏《ねんぶつ》がすむまで、井戸《いど》のそばにしゃがんでいました。兵十《ひょうじゅう》と加助《かすけ》は、また、いっしょに帰《かえ》っていきます。

ごんは、二人《ふたり》の話《はなし》を聞《き》こうと思《おも》って、ついていきました。兵十《ひょうじゅう》のかげぼうし[*1]をふみふみ行《い》きました。

お城《しろ》の前《まえ》まで来《き》たとき、加助《かすけ》がいいだしました。

「さっきの話《はなし》は、きっと、そりゃあ、神様《かみさま》のしわざだぞ。」

「えっ？」

と、兵十《ひょうじゅう》はびっくりして、加助《かすけ》の顔《かお》を見《み》ました。

「おれは、あれからずっと考《かんが》えていたが、どうも、そりゃ、人間《にんげん》じゃない、神様《かみさま》だ。神様《かみさま》が、おまえがたった一人《ひとり》になったのを、あわれに＊2思《おも》わっしゃって、いろんな物《もの》をめぐんでくださるんだよ。」

「そうかなあ。」

「そうだとも。だから、毎日《まいにち》、神様《かみさま》にお礼《れい》をいうがいいよ。」

「うん。」

ごんは、「へえ、こいつはつまらないな」と思《おも》いました。

「おれが、くりや松《まつ》たけを持《も》っていってやるのに、そのおれにはお礼《れい》をいわないで、神様《かみさま》にお礼《れい》をいうんじゃあ、おれは、＊3引《ひ》きあわないなあ。」

＊1かげぼうし…地面《じめん》やしょうじなどにうつった、人《ひと》のかげ。　＊2思《おも》わっしゃって…お思《おも》いになって。　＊3引《ひ》きあわない…苦労《くろう》や努力《どりょく》のしがいがない。

六

そのあくる日《ひ》も、ごんは、くりを持《も》って、兵十《ひょうじゅう》のうちへ出《で》かけました。

兵十《ひょうじゅう》は物置《ものおき》で、＊1なわをなっていました。それで、ごんは、うちのうら口《ぐち》から、こっそり中《なか》へ入《はい》りました。

そのとき兵十《ひょうじゅう》は、ふと顔《かお》を上《あ》げました。と、きつねが、うちの中《なか》へ入《はい》ったではありませんか。

こないだうなぎを盗《ぬす》みやがった、あのごんぎつねめが、また、いたずらをしにきたな。

＊1なわをなう…わらを細長《ほそなが》くよりあわせ、ひものようにすること。＊2納屋《なや》…農《のう》家《か》などで、家《いえ》の外《そと》にたてられた物置小屋《ものおきごや》。＊3火《ひ》なわ銃《じゅう》…昔《むかし》の鉄《てつ》ぽう。火《ひ》のついたなわで火薬《かやく》に火《ひ》をつけ、たまをうつ。＊4火薬《かやく》…反応《はんのう》を利用《りよう》できる、ばくはつ物《ぶつ》。

「ようし。」

兵十《ひょうじゅう》は立《た》ちあがって、*2納屋《なや》にかけてある*3火《ひ》なわ銃《じゅう》を取《と》って、*4火薬《かやく》をつめました。

そして、足音《あしおと》をしのばせて近《ちか》よって、今《いま》、戸口《とぐち》を出《で》ようとするごんを、ドンと、うちました。

ごんは、ばたりとたおれました。

兵十《ひょうじゅう》は、かけよってきました。うちの中《なか》を見《み》ると、土間《どま》にくりが、かためておいてあるのが目《め》につきました。

「おや。」

と、兵十《ひょうじゅう》はびっくりして、ごんに目《め》を落《お》としました。

「ごん、お前《まえ》だったのか。いつもくりをくれたのは。」

ごんは、ぐったりと目《め》をつぶったまま、うなずきました。

兵十《ひょうじゅう》は、火《ひ》なわ銃《じゅう》をばたりと、取《と》りおとしました。青《あお》いけむりが、まだつつ口《ぐち》から細《ほそ》く出《で》ていました。

（「ごんぎつね」おわり）

なぞときがもりだくさん、本格ミステリーシリーズ！

10歳までに読みたい 名作ミステリー

全⑩巻 各1,034円（税込）

シャーロックがかっこいい！ワトスンになって推理に協力したい!!（６年男子）

＼名推理で、事件を解決！／

名探偵 シャーロック・ホームズ

コナン・ドイル／作
芦辺拓／文

なぞの赤毛クラブ

赤毛の男性しか入れないふしぎな会には、ある秘密が…。『なぞの赤毛クラブ』『くちびるのねじれた男』の全２話収録。

ガチョウと青い宝石

ひょうんなことから手に入れたガチョウの中から、宝石が!?『ブナの木館のきょうふ』『ガチョウと青い宝石』の全２話収録。

ホームズ最後の事件!?

ワトスンをおとずれたホームズが、けがをしていて…。『ボヘミア王のひみつ』『ホームズ最後の事件!?』の全２話収録。

おどる人形の暗号

ホームズがワトスンにわたした１枚の紙には、ふしぎな絵が…。『おどる人形の暗号』『からっぽの家の冒険』の全２話収録。

バスカビルの魔犬

名家・バスカビル家の主人が死体で発見された。ホームズとワトスンは事件の調査をするが、そこには魔物のような犬が…。

ハラハラ、ドキドキで、ページをめくる手がとまりませんでした。（５年男子）

読書をあまりしない息子が、読んでみたいと言いだし購入しました。「おもしろい」と言って夢中で読んでます。（４年親）

ルパンみたいに頭がよくなりたいです。よわい人にやさしいところがカッコイイ。（３年女子）

＼ 天才ルパンの大冒険! ／

怪盗アルセーヌ・ルパン

モーリス・ルブラン／作
二階堂黎人／文

あやしい旅行者

ルパンがのりこんだとみられる特急の中で、おどろく事件が!?『あやしい旅行者』『赤いスカーフのひみつ』の全２話収録。

あらわれた名探偵

ついに世界一といわれる、あのイギリスの名探偵も登場!?『古づくえの宝くじ』『あらわれた名探偵』の全２話収録。

王妃の首かざり

ルパンが怪盗紳士となった理由が、明かされる!?『王妃の首かざり』『古いかべかけのひみつ』の全２話収録。

少女オルスタンスの冒険

なぞの人物レニーヌ公爵と少女オルスタンスが事件にいどむ、『砂浜の密室事件』『雪の上の足あと』の全２話収録。

813にかくされたなぞ

ルパン、パリ警察、ドイツ皇帝、そしておそろしい殺人鬼が、「８１３」という暗号をめぐって、死闘をくりひろげる！

2 カラーイラストがいっぱい！

色あざやかなさし絵で、お話がイメージしやすいよ。

カラーの絵のおかげで、物語の中に入った気分になれました。（４年女子）

3 楽しく文章が読める！

小学生が楽しめるように、くふうがいっぱい！
むずかしい言葉には、説明もついているよ。

文章がちょうどよくて、おもしろい！（３年男子）

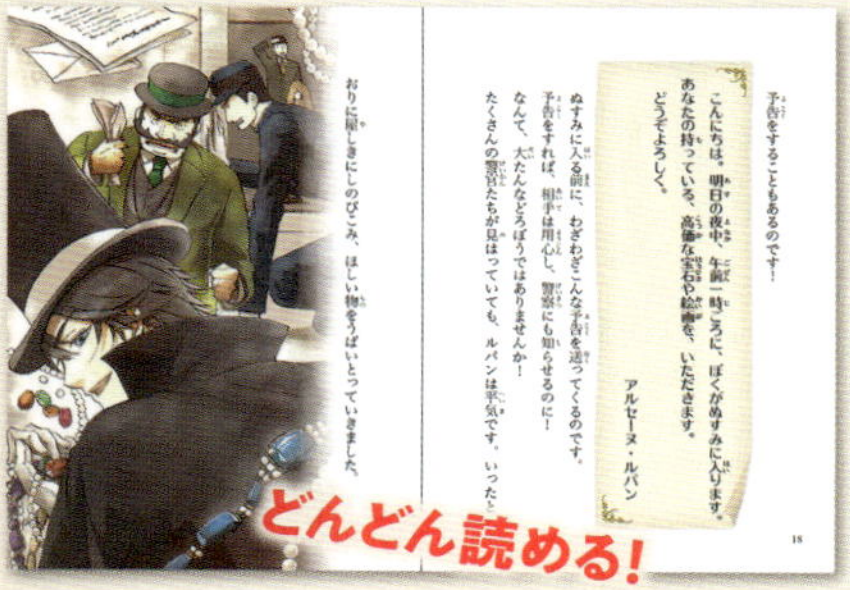

1章が短い！

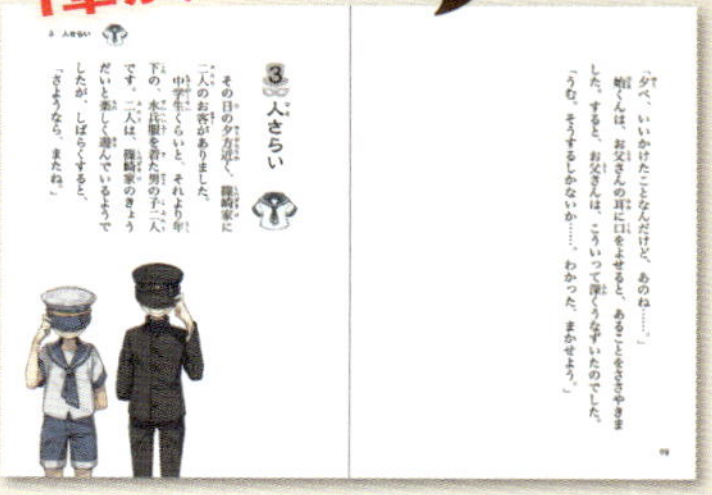

日本の名作が、オールカラーで読めちゃう！
10歳までに
読みたい
日本名作
シリーズ
一度は読んでおきたい
日本の名作を、小学生向けに
やさしくしたシリーズ！
読みやすいひみつと、
とびきりの12さつを
紹介するよ！
Gakken

はじめて読んだけど、意味がわかりやすくて、読みやすかった。（３年女子）

これが読めたから、原作の長いお話も読んでみたいと思いました。（５年男子）

つぎは、どれが読みたい？

⑦少年探偵団
対決！怪人二十面相
江戸川乱歩／作　芦辺拓／文
子どもたちが宝石をねらう怪人二十面相に、推理でたたかう！

⑨坊っちゃん
夏目漱石／作　芝田勝茂／文
正義感あふれる坊っちゃんが教師となり、大騒動が起こる！

⑪注文の多い料理店
／野ばら
宮沢賢治・小川未明／作
ほか『セロひきのゴーシュ』『月夜とめがね』など５作品を収録。

⑧古事記
～日本の神さまの物語～
那須田淳／文
ふしぎでおもしろい、日本の神さまたちが大活やくする物語。

⑩東海道中膝栗毛
弥次・北のはちゃめちゃ旅歩き！
十返舎一九／作　越水利江子／文
江戸から伊勢までの、弥次さんと北さんのどたばた旅行！

⑫源氏物語
姫君、若紫の語るお話
紫式部／作　石井睦美／文
姫君、若紫が語る、美しく、ときに悲しい源氏の君の物語。

一度は読んでおきたい日本の名作!

10歳までに読みたい 日本名作

知っておいてほしい話だったこと、絵もあり、字も大きいので読みやすそうだと思い、購入しました。（3年親）

全⑫巻 各1,034円（税込） 監修／加藤康子

①銀河鉄道の夜
宮沢賢治／作 芝田勝茂／文

少年ジョバンニが、親友と鉄道に乗り、ふしぎな旅に出る──。

③走れメロス／くもの糸
太宰治・芥川龍之介／作
楠章子／文

ほか『杜子春』を収録。生きるとはどういうことかを伝える。

⑤手ぶくろを買いに／ごんぎつね
新美南吉／作

ほか『花のき村と盗人たち』『決闘』など5作品を収録。

②竹取物語／虫めづる姫君
越水利江子／文

自分らしく、強く生きた、姫君たちの物語を2作品収録。

④里見八犬伝
曲亭馬琴／作 横山充男／文

運命の仲間、信乃たち八人の犬士の、たたかいと友情の物語。

⑥平家物語
弦川琢司／文

源氏と平家のたたかいが、日本全国でくりひろげられる──。

10歳までに読みたい名作シリーズ

人気のひみつ！

1 どんなお話か、ひとめでわかる物語ナビつき！

ぱっとわかる、登場人物たち

登場人物や、お話に出てくる場所の地図などをイラストや写真で、ていねいに紹介！

物語ナビ、すごくいいです。わかりやすいし、本文に入りやすい。（６年親）

物語ナビには、建物などの写真もあり、とてもわかりやすい。（４年親）

開くと……お話の世界がまるわかり！

花《はな》のき村《むら》と盗人《ぬすびと》たち

絵／たはらひとえ

一

昔《むかし》、花《はな》のき村《むら》に、五人組《にんぐみ》の盗人《ぬすびと》がやってきました。

それは、＊1若竹《わかたけ》が、あちこちの空《そら》に、か細《ぼそ》く、ういういしい緑色《みどりいろ》の芽《め》をのばしている初夏《しょか》の昼《ひる》で、松林《まつばやし》では＊2松《まつ》ぜみが、ジイジイイと鳴《な》いていました。

盗人《ぬすびと》たちは、北《きた》から川《かわ》にそって、やってきました。

花《はな》のき村《むら》の入《い》り口《ぐち》のあたりは、＊3すかんぽや＊4馬《うま》ごやしの生《は》えた緑《みどり》の野原《のはら》で、子《こ》どもや牛《うし》が遊《あそ》んでおりました。これだけを見《み》ても、この村《むら》が平和《へいわ》な村《むら》であることが、盗人《ぬすびと》たちにはわかりました。そして、

＊1若竹《わかたけ》…その年《とし》に生《は》えた竹《たけ》。＊2松《まつ》ぜみ…せみの一種《いっしゅ》。はるぜみの別名《べつめい》。
＊3すかんぽ…ここでは、すいばのこと。山野《さんや》に生《は》え、初夏《しょか》に赤味《あかみ》がかった花《はな》がさく植物《しょくぶつ》。＊4馬《うま》ごやし…マメ科《か》の植物《しょくぶつ》で、春《はる》に黄色《きいろ》の小花《こばな》がさく。

こんな村《むら》には、お金《かね》やいい着物《きもの》を持《も》った家《いえ》があるにちがいないと、もうよろこんだのでありました。

川《かわ》はやぶの下《した》を流《なが》れ、そこにかかっている一《ひと》つの水車《すいしゃ》をゴトンゴトンと回《まわ》して、村《むら》のおく深《ふか》く入《はい》っていきました。

やぶのところまで来《く》ると、盗人《ぬすびと》のうちのかしら*1が、いいました。

「それでは、わしはこのやぶのかげで待《ま》っているから、おまえらは、村《むら》の中《なか》へ入《はい》っていって、ようすを見《み》てこい。*2何分《なにぶん》、おまえらは盗人《ぬすびと》になったばかりだから、へまをしないように気《き》をつけるんだぞ。金《かね》のありそうな家《いえ》を見《み》たら、そこの家《いえ》の、どのまどがやぶれそうか、そこの家《いえ》に犬《いぬ》がいるかどうか、よっく調《しら》べるのだぞ。いいか、釜《かま》え門《もん》。」

「へえ。」

と、釜《かま》え門《もん》が答《こた》えました。

これはきのうまで旅歩《たびある》きの*3釜師《かまし》で、釜《かま》や*4茶釜《ちゃがま》をつくっていたのでありました。

＊１かしら…親方《おやかた》。＊２何分《なにぶん》…ここでは「とにかく」の意味《いみ》。＊３釜師《かまし》…釜《かま》をつくる職人《しょくにん》。＊４茶釜《ちゃがま》…茶《ちゃ》をたてる湯《ゆ》をわかす釜《かま》。＊５錠前屋《じょうまえや》…戸《と》などを開《あ》かないようにする金具《かなぐ》をつくる職人《しょくにん》。＊６倉《くら》…大事《だいじ》な品物《しなもの》をしまっておく建物《たてもの》。

「いいか、海老《えび》の丞《じょう》。」

「へえ。」

と、海老《えび》の丞《じょう》が答《こた》えました。

これはきのうまで*5錠前屋《じょうまえや》で、家々《いえいえ》の*6倉《くら》や*7長持《ながもち》などの錠《じょう》をつくっていたのでありました。

「いいか、角兵衛《かくべえ》。」

「へえ。」

と、まだ少年《しょうねん》の角兵衛《かくべえ》が答《こた》えました。

これは越後《えちご》から来《き》た*8角兵衛獅子《かくべえじし》で、きのうまでは、家々《いえいえ》のしきいの外《そと》で、さか立《だ》ちしたり、とんぼ返《がえ》りをうったりして、*9一文《もん》二文《もん》の銭《ぜに》をもらっていたのでありました。

＊7長持《ながもち》…衣服《いふく》などを入《い》れておく、長方形《ちょうほうけい》の大《おお》きな箱《はこ》。＊8角兵衛獅子《かくべえじし》…笛《ふえ》やたいこに合《あ》わせて曲芸《きょくげい》をし、地方《ちほう》を回《まわ》っていた子《こ》ども。＊9文《もん》…昔《むかし》、日本で使《つか》われていたお金《かね》の単位《たんい》。一文《もん》は、今《いま》のお金《かね》で約《やく》十円《えん》から百円《えん》。

「いいか、鉋太郎《かんなたろう》。」

「へえ。」

と、鉋太郎《かんなたろう》が答《こた》えました。

これは、江戸《えど》から来《き》た大工《だいく》のむすこで、きのうまでは、しょ国《こく》[*1]のお寺《てら》や神社《じんじゃ》の門《もん》などのつくりを見《み》てまわり、大工《だいく》の修業《しゅぎょう》をしていたのでありました。

「さあ、みんな、行《い》け。わしは親方《おやかた》[*2]だから、ここで一服《いっぷく》[*3]すいながら待《ま》っている。」

そこで盗人《ぬすびと》の弟子《でし》たちが、釜《かま》え門《もん》は釜師《かまし》のふりをし、海老《えび》の丞《じょう》は錠前屋《じょうまえや》のふりをし、角兵衛《かくべえ》は獅子舞《ししまい》のように笛《ふえ》をヒャラヒャラ鳴《な》らし、鉋太郎《かんなたろう》は大工《だいく》のふりをして、花《はな》のき村《むら》に入《はい》りこんでいきました。

＊1しょ国《こく》…多《おお》くの国《くに》。いろいろな国《くに》。＊2親方《おやかた》…職人《しょくにん》などのかしら。＊3一服《いっぷく》…茶《ちゃ》やタバコを一回《かい》のむことや、その量《りょう》。また、一休《ひとやす》みすること。

かしらは弟子《でし》どもが行《い》ってしまうと、どっかと川《かわ》ばたの草《くさ》の上《うえ》にこしを下《お》ろし、弟子《でし》どもに話《はな》したとおり、たばこをスッパ、スッパとすいながら、盗人《ぬすびと》のような顔《かお》つきをしていました。

これは、ずっと前《まえ》から火《ひ》つけや盗人《ぬすびと》をしてきた、ほんとうの盗人《ぬすびと》でありました。

「わしもきのうまでは、ひとりぼっちの盗人《ぬすびと》であったが、今日《きょう》は、はじめて、盗人《ぬすびと》の親方《おやかた》というものになってしまった。だが、親方《おやかた》になってみると、これはなかなか、いいもんだわい。仕事《しごと》は弟子《でし》どもがしてきてくれるから、こうしてねころんで待《ま》っておればいいわけである。」

と、かしらは、することがないので、そんなつまらないひとりごと

をいってみたりしていました。

やがて、弟子《でし》の釜《かま》え門《もん》が、もどってきました。

「おかしら、おかしら。」

かしらは、ぴょこんと、*1あざみの花《はな》のそばから体《からだ》を起《お》こしました。

「えいくそっ、びっくりした。おかしらなどとよぶんじゃねえ、魚《さかな》の頭《あたま》のように聞《き》こえるじゃねえか。ただ、かしらといえ。」

盗人《ぬすびと》になりたての弟子《でし》は、

「まことに*2あいすみません。」

と、あやまりました。

「どうだ、村《むら》の中《なか》のようすは。」

と、かしらがききました。

*1あざみ…キク科《か》の植物《しょくぶつ》。葉《は》に多《おお》くの切《き》れこみやとげがあり、赤《あか》むらさき色《いろ》の花《はな》がさく。　*2あいすみません…「すみません」の、あらたまったいい方《かた》。

「へえ、すばらしいですよ、かしら。ありました、ありました。」

「何《なに》が。」

「大《おお》きい家《いえ》がありましてね、そこのめしたき釜《がま》は、まず三斗《と》*1ぐらいは、たける大釜《おおがま》でした。あれはえらい銭《ぜに》*2になります。それから、お寺《てら》につってあった鐘《かね》も、なかなか大《おお》きなもので、あれをつぶせば、まず茶釜《ちゃがま》が五十はできます。

　なあに、あっしの目《め》にくるいはありません。うそだと思《おも》うなら、あっしが、つくってみせましょう。」

「ばかばかしいことに、いばるのはやめろ。」

と、かしらは弟子《でし》をしかりつけました。

「きさまは、まだ釜師《かまし》根性《こんじょう》がぬけんから、だめだ。そんなめしたき釜《がま》や、つり鐘《がね》などばかり、見《み》てくるやつがあるか。それになんだ、その手《て》に持《も》っている、あなの開《あ》いたなべは。」

「へえ、これは、その、ある家《いえ》の前《まえ》を通《とお》りますと、まき＊3の木《き》の生《い》け垣《がき》に、これがかけてほしてありました。見《み》ると、このしりにあなが開《あ》いていたのです。それを見《み》たら、自分《じぶん》が盗人《ぬすびと》であることを、ついわすれてしまって、このなべ、二十文《もん》でなおしましようと、そこのおかみさんに、いってしまったのです。」

＊1斗《と》…昔《むかし》の米《こめ》・酒《さけ》などをはかる単位《たんい》。三斗《と》は約《やく》五十四リットル。＊2銭《ぜに》…金属《きんぞく》のお金《かね》。＊3まき…マキ科《か》の木《き》。庭木《にわき》として植《う》えることも多《おお》い。

「なんという、まぬけだ。自分《じぶん》の商売《しょうばい》は、盗人《ぬすびと》だということを、しっかりはらに*入《い》れておらんから、そんなことだ。」

と、かしらは、かしららしく弟子《でし》に教《おし》えました。そして、

「もう一《いっ》ぺん、村《むら》にもぐりこんで、しっかり見直《みなお》してこい。」

と、命《めい》じました。

釜《かま》え門《もん》は、あなの開《あ》いたなべを、ぶらんぶらんとふりながら、また村《むら》に入《はい》っていきました。

今度《こんど》は海老《えび》の丞《じょう》が、もどってきました。

「かしら、ここの村《むら》は、こりゃだめですね。」

と、海老《えび》の丞《じょう》は、力《ちから》なくいいました。

「どうして。」

「どの倉《くら》にも、錠《じょう》らしい錠《じょう》は、ついておりません。子《こ》どもでもねじきれそうな錠《じょう》が、ついておるだけです。あれじゃ、こっちの商売《しょうばい》にゃなりません。」

「こっちの商売《しょうばい》というのは、なんだ。」

「へえ、……錠前《じょうまえ》……屋《や》。」

「きさまも、まだ根性《こんじょう》が、かわっておらんっ。」

と、かしらは、どなりつけました。

「へえ、あいすみません。」

「そういう村《むら》こそ、こっちの商売《しょうばい》になるじゃないかっ。倉《くら》があって、子《こ》どもでも、ねじきれそうな錠《じょう》しかついておらん、というほど、こっちの商売《しょうばい》に、都合《つごう》のよいことがあるか。

＊はらに入《い》れる……心《こころ》の中《なか》にしまう。

まぬけめが。もう一《いっ》ぺん、見《み》なおしてこい。」

「なるほどね。こういう村《むら》こそ、商売《しょうばい》になるのですね。」

と、海老《えび》の丞《じょう》は感心《かんしん》しながら、また村《むら》に入《はい》っていきました。

次《つぎ》に帰《かえ》ってきたのは、少年《しょうねん》の角兵衛《かくべえ》でありました。角兵衛《かくべえ》は、笛《ふえ》をふきながら来《き》たので、まだやぶの向《む》こうで、すがたの見《み》えないうちから、わかりました。

「いつまで、ヒャラヒャラと鳴《な》らしておるのか。盗人《ぬすびと》は、なるべく音《おと》を立《た》てぬようにしておるものだ。」

と、かしらはしかりました。角兵衛《かくべえ》は、ふくのをやめました。

「それで、きさまは何《なに》を見《み》てきたのか。」

「川《かわ》についてどんどん行《い》きましたら、*1花《はな》しょうぶを庭一面《にわいちめん》にさかせ

た小《ちい》さい家《いえ》がありました。」

「うん、それから？」

「その家《いえ》の、のき下《した》に、頭《あたま》の毛《け》もまゆ毛《げ》もあごひげも、真《ま》っ白《しろ》なじいさんがいました。」

「うん、そのじいさんが、*2小判《こばん》の入《はい》ったつぼでも、えんの下《した》にかくしていそうなようすだったか。」

「そのおじいさんが竹笛《たけぶえ》をふいておりました。ちょっとした、つまらない竹笛《たけぶえ》だが、とてもええ音《おと》がしておりました。

＊1花《はな》しょうぶ…アヤメ科《か》の植物《しょくぶつ》。夏《なつ》のはじめに、むらさき・白《しろ》などの花《はな》がさく。　＊2小判《こばん》…おもに江戸《えど》時代《じだい》に使《つか》われた、長円形《ちょうえんけい》の金貨《きんか》。

あんな、ふしぎに美《うつく》しい音《おと》は、はじめて聞《き》きました。おれが*1聞《き》きとれていたら、じいさんはにこにこしながら、三《みっ》つ長《なが》い曲《きょく》を聞《き》かしてくれました。おれは、お礼《れい》に、とんぼ返《がえ》りを七へん、つづけざまにやって見《み》せました。」

「やれやれだ。それから？」

「おれが、その笛《ふえ》はいい笛《ふえ》だといったら、*2笛竹《ふえたけ》の生《は》えている竹《たけ》やぶを教《おし》えてくれました。そこの竹《たけ》で作《つく》った笛《ふえ》だそうです。それで、おじいさんの教《おし》えてくれた竹《たけ》やぶへ行《い》ってみました。ほんとうにええ笛竹《ふえたけ》が、何《なん》百すじも、すいすいと生《は》えておりました。」

「昔《むかし》、竹《たけ》の中《なか》から、金《きん》の光《ひかり》がさしたという話《はなし》があるが、どうだ、小《こ》判《ばん》でも落《お》ちていたか。」

「それから、また川《かわ》をどんどん下《くだ》っていくと小《ちい》さい尼寺《あまでら》がありました。そこで*3花《はな》のとう、があリました。お庭《にわ》にいっぱい人《ひと》がいて、おれの笛《ふえ》くらいの大《おお》きさのおしゃか様《さま》に、*4あま茶《ちゃ》の湯《ゆ》をかけておりました。おれもいっぱいかけて、それからいっぱい飲《の》ましてもらってきました。茶《ちゃ》わんがあるなら、かしらにも持《も》ってきてあげましたのに。」

「やれやれ、なんという罪《つみ》のねえ盗人《ぬすびと》だ。そういう人《ひと》ごみの中《なか》では、人《ひと》のふところや、たもとに気《き》をつけるものだ。

とんまめが、もう一《いっ》ぺん、きさまも、やりなおしてこい。その笛《ふえ》は、ここへおいていけ。」

角兵衛《かくべえ》はしかられて、笛《ふえ》を草《くさ》の中《なか》へおき、また、村《むら》に入《はい》っていき

*1聞《き》きとれる…聞《き》きほれる。うっとりして聞《き》く。*2笛竹《ふえたけ》…笛《ふえ》の材料《ざいりょう》とする竹《たけ》。*3花《はな》のとう、…おしゃか様《さま》にあま茶《ちゃ》を注《そそ》いで、作物《さくもつ》の豊作《ほうさく》をねがう行事《ぎょうじ》。*4あま茶《ちゃ》…アマチャの木《き》の葉《は》から作《つく》る、あまい飲《の》み物《もの》。おしゃか様《さま》のたん生日《じょうび》に、おしゃか様《さま》の像《ぞう》にあま茶《ちゃ》をかける、昔《むかし》からの習《なら》わしがある。

ました。

おしまいに帰《かえ》ってきたのは、鉋太郎《かんなたろう》でした。

「きさまも、ろくなものは見《み》てこなかったろう。」

と、きかない先《さき》から、かしらがいいました。

「いや、金持《かねも》ちがありました、金持《かねも》ちが。」

と、鉋太郎《かんなたろう》は声《こえ》をはずませていいました。金持《かねも》ちと聞《き》いて、かしらは、にこにことしました。

「おお、金持《かねも》ちか。」

「金持《かねも》ちです、金持《かねも》ちです。すばらしいりっぱな家《いえ》でした。」

「うむ。」

「そのざしきの天《てん》じょうときたら、*1さつま杉《すぎ》*2の一《いち》まい板《いた》なんで、こんなのを見《み》たら、うちの親父《おやじ》はどんなによろこぶかもしれない、と思《おも》って、あっしは見《み》とれていました。」

「へっ、おもしろくもねえ。それで、その天《てん》じょうをはずしてでもくる気《き》かい。」

鉋太郎《かんなたろう》は、自分《じぶん》が盗人《ぬすびと》の弟子《でし》であったことを思《おも》いだしました。

盗人《ぬすびと》の弟子《でし》としては、あまり気《き》がきかなかったことがわかり、鉋《かんな》太郎《たろう》は、ばつ*3の悪《わる》い顔《かお》をして、うつむいてしまいました。

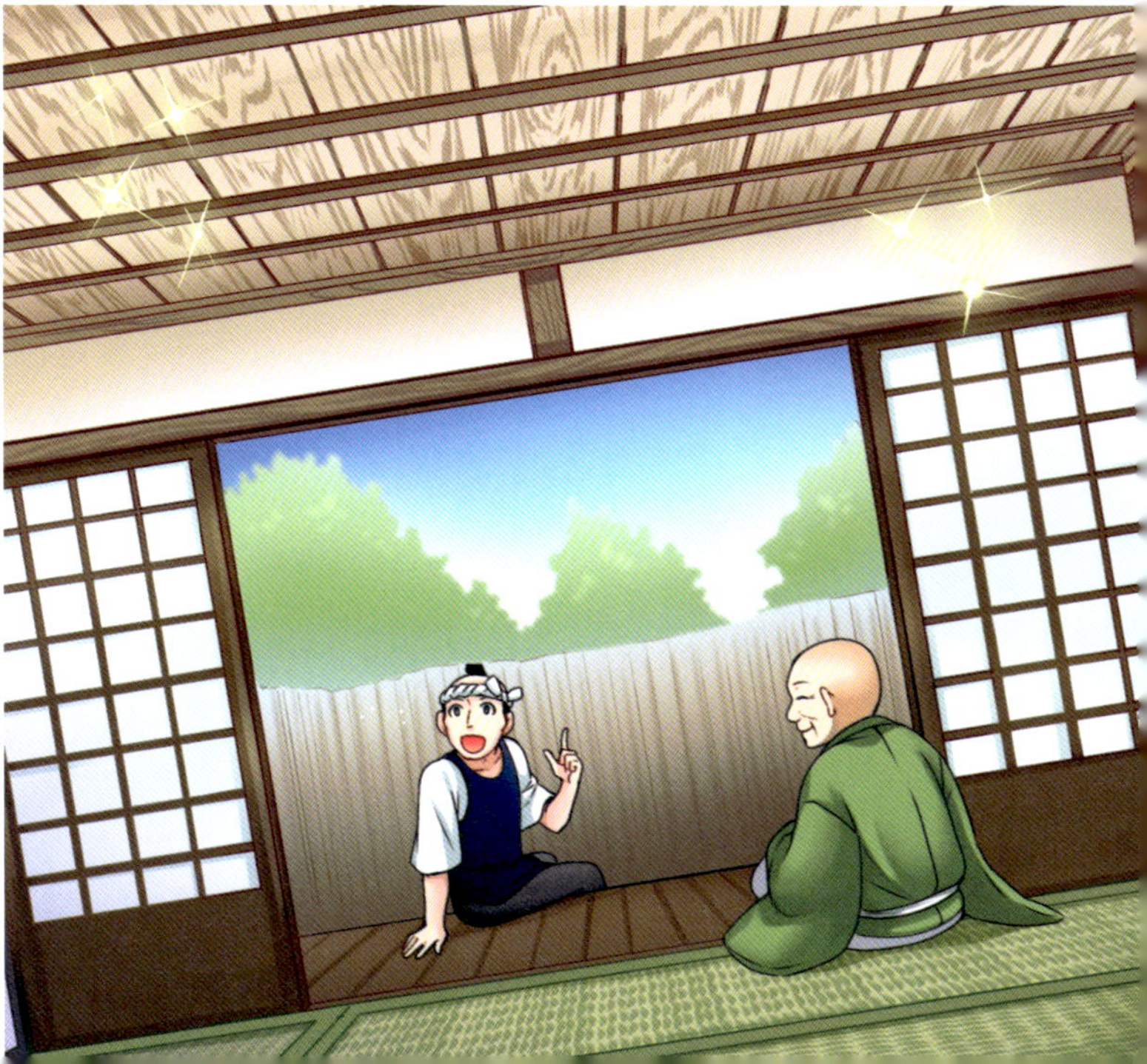

*1さつま杉《すぎ》…スギ科《か》の木《き》。やくすぎの別名《べつめい》。材質《ざいしつ》がすぐれていて、美《うつく》しい木目《もくめ》で知《し》られている。　*2一《いち》まい板《いた》…丸太《まるた》から切《き》りだした、大《おお》きな一まいの板《いた》のこと。とても価値《かち》が高《たか》い。　*3ばつの悪《わる》い…気《き》まずい。

そこで鉋太郎《かんなたろう》も、もう一度《いちど》やりなおしに村《むら》に入《はい》っていきました。

「やれやれだ。」

と、一人《ひとり》になったかしらは、草《くさ》の中《なか》へあお向《む》けに、引《ひ》っくりかえっていいました。

「盗人《ぬすびと》のかしらというのも、あんがい楽《らく》な商売《しょうばい》ではないて。」

10歳名作クイズ

物語を読んで、クイズの答えをさがしてみよう！

Q1 「小公女セーラ」より

セーラが、どんなにつらいときも
わすれなかった大切な心がけはなに？

① 女の子の心
② 母の心
③ 王女の心

Q2 「西遊記」より

孫悟空が、まほうのびんとひょうたんで、
金角と銀角をつかまえた
方法はなに？

① じゅもんをとなえる
② 名前をよぶ
③ かみの毛をひっぱる

Q3 「十五少年漂流記」より

少年たちが選挙と話しあいで決めた、
島のリーダーはだれ？

① 人気者ブリアン
② たよれるゴードン
③ 頭のいいドニファン

Q4 「ひみつの花園」より

メアリーと同じお屋しきでくらす
ディコンの、なかよしのキツネの
名前はなに？

① キャプテン
② リーダー
③ マスター

1	赤毛のアン 原作／ルーシー・M・モンゴメリ 編訳／村岡花子　編著／村岡恵理
2	トム・ソーヤの冒険 原作／マーク・トウェイン 編訳／那須田淳
3	オズのまほうつかい 原作／ライマン・F・ボーム 編訳／立原えりか
4	ガリバー旅行記 原作／ジョナサン・スウィフト 編訳／芝田勝茂
5	若草物語 原作／ルイザ・メイ・オルコット 編訳／小松原宏子
6	名探偵シャーロック・ホームズ 原作／コナン・ドイル 編訳／芦辺拓
7	小公女セーラ 原作／フランシス・H・バーネット 編訳／岡田好恵
8	シートン動物記「オオカミ王ロボ」 原作／アーネスト・トンプソン・シートン 編訳／千葉茂樹
9	アルプスの少女ハイジ 原作／ヨハンナ・シュピリ 編訳／松永美穂
10	西遊記 原作／呉　承恩 編訳／芝田勝茂
11	ふしぎの国のアリス 原作／ルイス・キャロル 編訳／石井睦美
12	怪盗アルセーヌ・ルパン 原作／モーリス・ルブラン 編訳／芦辺拓
13	ひみつの花園 原作／フランシス・H・バーネット 編訳／日当陽子
14	宝島 原作／R・L・スティーヴンソン 編訳／吉上恭太
15	あしながおじさん 原作／ジーン・ウェブスター 編訳／小松原宏子
16	アラビアンナイト シンドバッドの冒険 編著／みおちづる
17	少女ポリアンナ 原作／エレナ・ポーター 編訳／立原えりか
18	ロビンソン・クルーソー 原作／ダニエル・デフォー 編訳／芝田勝茂
19	フランダースの犬 原作／ウィーダ 編訳／那須田淳
20	岩くつ王 原作／アレクサンドル・デュマ 編訳／岡田好惠
21	家なき子 原作／エクトール・H・マロ 編訳／小松原宏子
22	三銃士 原作／アレクサンドル・デュマ 編訳／岡田好惠
23	王子とこじき 原作／マーク・トウェイン 編訳／村岡花子　編著／村岡美枝
24	海底二万マイル 原作／ジュール・ベルヌ 編訳／芦辺拓
25	ナルニア国物語　ライオンと魔 原作／C.S. ルイス 編訳／那須田淳
26	十五少年漂流記 原作／ジュール・ベルヌ 編訳／芦辺拓
27	長くつ下のピッピ 原作／リンドグレーン 編訳／那須田淳
28	ロスト・ワールド 原作／コナン・ドイル 編訳／芦辺拓
29	レ・ミゼラブル 原作／ビクトル・ユゴー 編訳／岡田好惠
30	三国志 原作／羅貫中 編訳／芝田勝茂
31	ドリトル先生 大航海記 原作／ヒュー・ロフティング 編訳／那須田淳

「10 歳までに読みたい世界名作」シリーズは、お近くの書店でお求めください。書店不便の際は、
ショップ学研プラス▶ https://gakken-mall.jp/ec/plus/ または、学研通販受注センター▶ 0120-92-5555（通話無料）にてご注文ください
●在庫切れの場合はご容赦ください。
Gakken　出版販売課 児童書チーム　〒141-8416　東京都品川区西五反田 2-11-8　TEL：03-6431-1197
930000572

クイズの答え　Q1：③　Q2：②　Q3：②　Q4：①

ドキドキ、わくわくのお話がここに!!

こんな子にオススメ

☑ ぼうけんが大好き！

ホームズのすい理があたるたびにドキドキした。本を読むのが好きになった。
（2年女子）

トム・ソーヤの冒険
いたずら好きの少年トム。ある夜、お墓でおそろしいことをしている人を見てしまい……。

怪盗アルセーヌ・ルパン
ろうやにいるはずのルパンから、だいたんなぬすみを予告する手紙がとどいたのだが……。

宝島
宝のうまった島の地図を手に入れた少年・ジムは、きけんをおそれず宝探しに出た!!

名探偵シャーロック・ホームズ
世界一の名探偵ホームズが、おどろきのすい理で、おかしな事件のかいけつにいどむ!!

岩くつ王
友だちにうらぎられ、ろうやに入れられたダンテス。悪人たちへの復しゅうの物語。

三銃士
国王を守る銃士になるため、パリにやって来たダルタニャン。正義のための戦いがはじまる！

長くつ下のピッピ
世界でいちばん力持ち！　元気に自由に日びをすごす女の子、ピッピの、とびきり楽しい物語。

三国志
みだれた世の中を正すため、劉備たち3人の英ゆうが立ちあがった。天下のゆくえはどうなる!?

ドリトル先生大航海記
トミー少年は、動物語を話せるドリトル先生、動物たちとともに、地図にない島を目指す航海へ！

※書影は変更する場合があります。

胸がジーンとする感動の物語

こんな子にオススメ

☑ 家族や動物が大好き！

セーラが、いつでも「王女」の心をわすれず、立ち向かうところに感動しました！
（４年女子）

若草物語

戦争にいった父親の無事を願いつつ暮らす母と４人の娘たちが、助け合いながら生きていく物語。

シートン動物記「オオカミ王ロボ」

カランポー平原で牛をおそうオオカミのロボをとらえようと、人間たちは、どくやわなをしかけるが……。

小公女セーラ

やさしい心をもったセーラ。お父様がとつぜん亡くなって、学校での生活が変わってしまい……。

ひみつの花園

メアリーがあずけられたおじの家には、夜中に泣く声がしたり、いろいろなひみつがあって……。

フランダースの犬

少年ネロは、犬のパトラッシュと幸せにくらしていたが……。犬との友情に心を打たれる名作。

家なき子

とつぜんお母さんとはなれ、旅芸人の一員として旅に出ることになったレミのお話。

レ・ミゼラブル

元囚人ジャンは、母をなくした少女コゼットをすくう決意をするが、困難が立ちはだかり……。

2 オールカラーイラストで楽しめる

カラーイラストが 50 点以上 !!　名場面やもり上がるシーンなど、イラストがたくさん入っているから、ストーリーがわかりやすくイメージできるよ。

もり上がるシーンは大きなイラストで！
～「ロビンソン・クルーソー」

イラストと文章がすごくあっていて、内容もおもしろい。

（3 年男子）

感動のシーンが見てすぐわかる !!
～「若草物語」

絵がきれい。名作がこんなにおもしろいとは、ぜんぜん思っていなかった！

（4 年女子）

けれども、ようやくみんながわれに返ったとき、もうひとつのきせきが起こりました。しん室のドアがゆっくり開いたかと思うと、そこに、赤い部屋着を着たベスが、自分の足でしっかりと立っていたのです。
ベスは、一歩一歩ふみしめるように、まっすぐ父のところまで来て、そのむねにとびこみました。ブルック先生がそっと手をはなすと、お父さまは両手でベスのかぼそい体を受けとめました。

146

3 短いからさくさく読める

エピソードごとに章が分かれていて、文字もちょうどいい大きさだから、どんどん読めるよ。

「見たぞ。禁じられた決闘をしようとしていたな。ついてこい。取りしらべる。さからう者は、ただちにきりすてろ！」
先頭の隊長らしい男が、わめいた。
「ジュサックだ。やっかいなやつめ。どうする？」
アトスがすばやく、ポルトスとアラミスの顔を見る。

4　決闘、決闘、決闘

「もちろん、やっちまおうぜ。」

ポルトスがささやく。だが、アラミスは、首を横にふった。

「向こうは五人。こちらは三人。アトスは、けが人だ。にげよう。」

「いやだ！　おれは、一人でもやるぞ。」

大男のポルトスが、剣のつかに手をかけた。だがアトスは、まだ決めかねている。ダルタニャンは、アラミスの前に立つと、いった。

「三人じゃ、ありません。ぼくを入れれば、四人です。」

1 章ごとの長さがちょうどいい！
～「フランダースの犬」

どんどん次を読みたくなる。

（5 年女子）

1
ふたりは友だち

ネロのいちばんの友だちは、犬のパトラッシュです。

「ぼくらは、ずっといっしょだよね。」

ネロがそういうと、パトラッシュは「もちろん」とばかりに「ワン！」とほえ、しっぽをパタパタとふってくれるのです。

ネロは、ベルギーの南のフランスに近い、アルデンヌ地方に生まれた男の子。

パトラッシュは、その反対側の、北のフランダース地方に生まれた、とっても大きな犬でした。

14

セリフが多くて読みやすい♪
～「三銃士」

字が大きくて読みやすかったので、またこのシリーズを買いたいです。

（3 年女子）

シリーズ 31 巻！　どれから読む？

「読みやすい！」小学生の声、いっぱい届いてます！

楽しくてどんどん読める3つのヒミツ

1 お話をわかりやすく紹介「物語ナビ」

登場人物の紹介やお話に出てくる場所の地図など、ひとめ見ただけでお話がわかる「物語ナビ」。本文を読む前に目を通せば、ストーリーがどんどん頭に入ってくるよ。

くわしい人物説明！
～「赤毛のアン」

本の最初に、主人公の説明があるから読みやすい！
（4年男子）

全巻しかけつき！
～「宝島」

細かく地図や船の説明がのっているのがいい。
（3年女子）

写真のページも！
～「ひみつの花園」

写真がきれいで、物語をイメージしやすい。
（2年女子）

シリーズ31巻

夢中になれる物語がたくさん どれから読んでみる？

監修／横山洋子

どんなときでも前向きに生きる

こんな子にオススメ

✔ いっしょうけんめいがんばる性格！

アンは元気で、いつも前向きで、失敗しても、なんでも楽しくやるところが好きです。
（3 年女子）

アルプスの少女ハイジ
山でおじいさんとくらすことになったハイジ。大自然の中、いろいろな出会いがあり……。

あしながおじさん
ジュディはある人物のおかげで大学へいけることに。でも、そのための条件があって……。

赤毛のアン
孤児院からマシュウとマリラのもとにやって来たアン。元気に明るく強く生きる主人公のお話。

少女ポリアンナ
おばさんの家に住みはじめたポリアンナが、「幸せゲーム」で、まわりの人の心をあたためていく。

ロビンソン・クルーソー
船がこわれ、無人島へ流れついたロビンソン。たった一人でがんばる生活がはじまる!!

王子とこじき
そっくりな王子とこじきの子が、ふとしたことから入れかわることに。ふたりの運命は!?

十五少年漂流記
無人島にたどりついた少年たちは、自分たちの力で、かりをし、家をつくり、助けあって生きぬいていく！

ふしぎな世界をのぞいてみよう

こんな子にオススメ

✔ 想像することが好き！

悟空はとってもゆうかんで、どんな相手でも立ち向かっていくのがすごい。（5年男子）

オズのまほうつかい

たつまきで飛ばされたドロシーと犬のトトが着いたのは、ふしぎな「オズ」の国だった！

ガリバー旅行記

冒険好きのお医者さん、ガリバーの乗った船があらしにあい、着いたところはなんと「こびとの国」！

ロスト・ワールド

チャレンジャー教授が見つけたのは、ほろびたはずの恐竜たちが、今も生きるふしぎな世界でした。

西遊記

天界で大あばれし、山の下じきにされていた孫悟空。お坊さんの三蔵法師のおともをすることに……。

ふしぎの国のアリス

アリスはチョッキを着たウサギをおいかけているうちに、ふしぎな世界へまよいこんでしまった！

アラビアンナイト シンドバッドの冒険

こうかい中、島にのこされてしまったシンドバッド。目の前に巨大なロック鳥があらわれて!?

海底二万マイル

なぞの人物・ネモ船長がひきいる潜水艦ノーチラス号で、だれも見たことのない海の世界へ!!

ナルニア国物語 ライオンと魔女

4人きょうだいが洋服ダンスを通って、別世界のナルニア国に行きつく。壮大な冒険がはじまる！

二

とつぜん、

「ぬすとだっ。」

「ぬすとだっ。」

「そら、やっちまえっ。」

という、大《おお》ぜいの子《こ》どもの声《こえ》がしました。子《こ》どもの声《こえ》でも、こういうことを聞《き》いては、盗人《ぬすびと》として、びっくりしないわけにはいかないので、かしらはひょこんと、とびあがりました。そして、川《かわ》にとびこんで向《む》こう岸《ぎし》へにげようか、やぶの中《なか》にもぐりこんで、すがたをくらまそうかと、とっさの間《あいだ》に考《かんが》えたのであります。

しかし子《こ》どもたちは、なわきれや、おもちゃの十手《じって》[*1]をふりまわしながら、あちらへ走《はし》っていきました。子《こ》どもたちは盗人《ぬすびと》ごっこをしていたのでした。

「なんだ、子《こ》どもたちの遊《あそ》びごとか。」

と、かしらは、はりあいがぬけて[*2]いいました。

「遊《あそ》びごとにしても、盗人《ぬすびと》ごっことは、よくない遊《あそ》びだ。今《いま》どきの子《こ》どもは、ろくなことをしなくなった。あれじゃ、先《さき》が思《おも》いやられる。」

自分《じぶん》が盗人《ぬすびと》のくせに、かしらは、そんなひとりごとをいいながら、また草《くさ》の中《なか》に、ねころがろうとしたのでありました。そのとき後《うし》ろ

＊1十手《じって》…曲《ま》がった部分《ぶぶん》がある、金属《きんぞく》の武器《ぶき》。人《ひと》をとらえるときにも使《つか》われた。＊2はりあいがぬける…気《き》がぬける。

から、「おじさん」と、声《こえ》をかけられました。ふりかえってみると、七歳《さい》くらいの、かわいらしい男《おとこ》の子《こ》が、牛《うし》の子《こ》をつれて立《た》っていました。

顔《かお》だちの品《ひん》のいいところや、手足《てあし》の白《しろ》いところを見《み》ると、百《ひゃく》しょうの子《こ》どもとは思《おも》われません。*1だんなしゅうのぼっちゃんが、*2下男《げなん》について野遊《のあそ》びに来《き》て、下男《げなん》にせがんで、子牛《こうし》を持《も》たせてもらったのかもしれません。だが、おかしいのは、遠《とお》くへでも行《い》く人《ひと》のように、白《しろ》い小《ちい》さい足《あし》に、小《ちい》さい*3わらじをはいていることでした。

「この牛《うし》、持《も》っていてね。」

かしらが何《なに》もいわない先《さき》に、子《こ》どもはそういって、*4ついとそばに来《き》て、赤《あか》い*5たづなをかしらの手《て》にあずけました。

かしらはそこで、何《なに》かいおうとして口《くち》をもぐもぐやりましたが、まだいいださないうちに、子《こ》どもは、あちらの子《こ》どもたちのあとを追《お》って、走《はし》っていってしまいました。あの子《こ》どもたちの仲間《なかま》になる

＊１だんなしゅう…やとわれている人《ひと》が、主人《しゅじん》たちを指《さ》していう言葉《ことば》。＊２下男《げなん》…主人《しゅじん》の家《いえ》で、いろいろな用事《ようじ》をする男《おとこ》の人《ひと》。＊３わらじ…わらであんで作《つく》ったぞうり。＊４ついと…いきなり。

ために、このわらじをはいた子《こ》どもは、あとをも見《み》ずに、行《い》ってしまいました。

＊6ぼけんとしている間《あいだ》に、牛《うし》の子《こ》を持《も》たされてしまったかしらは、くっくっと、わらいながら牛《うし》の子《こ》を見《み》ました。

たいてい牛《うし》の子《こ》というものは、そこらをぴょんぴょんはねまわって、持《も》っているのがやっかいなものですが、この牛《うし》の子《こ》は、また、たいそうおとなしく、ぬれたうるんだ大《おお》きな目《め》を＊7しばたたきながら、かしらのそばに＊8無心《むしん》に立《た》っているのでした。

「くっくっくっ。」

と、かしらは、わらいが、はらの中《なか》からこみあげてくるのが止《と》まりませんでした。

＊5たづな…人《ひと》が手《て》に取《と》って、馬《うま》や牛《うし》に合図《あいず》をするつな。＊6ぼけんと…何《なに》も考《かんが》えないで、すごすこと。ぼけっと。＊7しばたたく…目《め》をぱちぱちさせる。＊8無心《むしん》…心《こころ》によけいな考《かんが》えがないこと。むじゃきなこと。

「これで弟子《でし》たちに自《じ》まんができるて。きさまたちがばかづら下《さ》げて、村《むら》の中《なか》を歩《ある》いている間《あいだ》に、わしはもう牛《うし》の子《こ》を一ぴきぬすんだ、といって。」

そしてまた、くっくっくっと、わらいました。あんまりわらったので、今《こん》度《ど》は、なみだが出《で》てきました。

「ああ、おかしい。あんまりわらったんで、なみだが出《で》てきやがった。」

ところが、そのなみだが、流《なが》れて流《なが》れて、止《と》まらないのでありました。

「いや、はや、これはどうしたことだい、わしがなみだを流《なが》すなんて、これじゃ、まるで、ないてるのと同《おな》じじゃないか。」

　そうです。ほんとうに、盗人《ぬすびと》のかしらは、ないていたのであります。――かしらは、うれしかったのです。

　自分《じぶん》は今《いま》まで、人《ひと》から、つめたい目《め》でばかり見《み》られてきました。自分《じぶん》が通《とお》ると、人々《ひとびと》は、そら、へんなやつが来《き》たといわんばかりに、まどをしめたり、すだれを下《お》ろしたりしました。自分《じぶん》が声《こえ》をかけると、わらいながら話《はな》しあっていた人《ひと》たちも、急《きゅう》に仕事《しごと》のことを思《おも》いだしたように、向《む》こうを向《む》いてしまうのでありました。

　池《いけ》の面《めん》にうかんでいるこいでさえも、自分《じぶん》が岸《きし》に立《た》つと、がばっと体《からだ》をひるがえして*、しずんでいくのでありました。

*ひるがえす…ひらりとうらを返《かえ》す。位置《いち》や動《うご》きの方向《ほうこう》などが、反対《はんたい》になること。

あるとき、*1さる回《まわ》しの背中《せなか》に負《お》われているさるに、柿《かき》の実《み》をくれてやったら、一口《ひとくち》も食《た》べずに、地《じ》べたにすててしまいました。みんなが、自分《じぶん》を信用《しんよう》してはくれなかったのです。みんなが、自分《じぶん》をきらっていたのです。

ところが、このわらじをはいた子《こ》どもは、盗人《ぬすびと》である自分《じぶん》に牛《うし》の子《こ》をあずけてくれました。自分《じぶん》を、いい人間《にんげん》であると思《おも》ってくれたのでした。またこの子牛《こうし》も、自分《じぶん》をちっともいやがらず、おとなしくしております。自分《じぶん》が、母牛《ははうし》ででもあるかのように、そばにすりよっています。子《こ》どもも子牛《こうし》も、自分《じぶん》を信用《しんよう》しているのです。

こんなことは、盗人《ぬすびと》の自分《じぶん》には、はじめてのことであります。人《ひと》に信用《しんよう》されるというのは、なんという、うれしいことでありま

しょう。

そこで、かしらは今《いま》、美《うつく》しい心《こころ》になっているのでありました。子《こ》どものころには、そういう心《こころ》になったことがありましたが、あれから長《なが》い間《あいだ》、悪《わる》いきたない心《こころ》でずっといたのです。

ひさしぶりで、かしらは美《うつく》しい心《こころ》になりました。これはちょうど、あかまみれのきたない着物《きもの》を、急《きゅう》に晴《は》れ着《ぎ》に着《き》せかえられたように、きみょうなぐあいでありました。

――かしらの目《め》から、なみだが流《なが》れて止《と》まらないのは、そういうわけなのでした。

やがて夕方《ゆうがた》になりました。松《まつ》ぜみは鳴《な》きやみました。村《むら》からは、白《しろ》い*2夕《ゆう》もやがひっそりと流《なが》れだして、野《の》の上《うえ》に広《ひろ》がっていきました。

*1さる回《まわ》し…路上《ろじょう》などで、さるにいろいろな芸《げい》をさせて、見物人《けんぶつにん》から見物料《けんぶつりょう》をもらう大道芸《だいどうげい》。　*2夕《ゆう》もや…夕方《ゆうがた》、地《じ》面《めん》や海面《かいめん》などに、ひくくたちこめる、うすいきり。

子《こ》どもたちは遠《とお》くへ行《い》き、「もういいかい」「まあだだよ」という声《こえ》が、ほかの物音《ものおと》とまじりあって、聞《き》きわけにくくなりました。

かしらは、もうあの子《こ》どもが、帰《かえ》ってくる*時分《じぶん》だと思《おも》って待《ま》っていました。あの子《こ》どもが来《き》たら、「おいしょ」と、盗人《ぬすびと》と思《おも》われぬよう、こころよく子牛《こうし》を返《かえ》してやろう、と考《かんが》えていました。

だが、子《こ》どもたちの声《こえ》は、村《むら》の

中《なか》へ消《き》えていってしまいました。

わらじの子《こ》どもは、帰《かえ》ってきませんでした。

村《むら》の上《うえ》にかかっていた月《つき》が、かがみ職人《しょくにん》の、みがいたばかりのかがみのように、光《ひか》りはじめました。

あちらの森《もり》でふくろうが、二声《ふたこえ》ずつ区切《くぎ》って、鳴《な》きはじめました。

子牛《こうし》は、おなかがすいてきたのか、からだを、かしらにすりよせました。

＊時分《じぶん》…おおよその時期《じき》・時間《じかん》。ころ。

「だって、しょうがねえよ。わしからは乳《ちち》は出《で》ねえよ。」

そういってかしらは、子牛《こうし》のぶち*の背中《せなか》をなでていました。まだ目《め》から、なみだが出《で》ていました。

そこへ四人《にん》の弟子《でし》が、いっしょに帰《かえ》ってきました。

*ぶち…地《じ》の色《いろ》とちがった色《いろ》が、まじっていること。

三

「かしら、ただいまもどりました。おや、この子牛《こうし》は、どうしたのですか。ははあ、やっぱりかしらは、ただの盗人《ぬすびと》じゃない。おれたちが村《むら》をさぐりに行《い》っていた間《あいだ》に、もう一仕事《ひとしごと》、しちゃったのだね。」

釜《かま》え門《もん》が、子牛《こうし》を見《み》ていいました。かしらは、なみだにぬれた顔《かお》を見《み》られまいとして、横《よこ》を向《む》いたまま、

「うむ、そういって、きさまたちに自《じ》まんしようと思《おも》っていたんだが、じつはそうじゃねえのだ。これには、わけがあるのだ。」

といいました。

「おや、かしら、なみだ……じゃございませんか。」

と、海老《えび》の丞《じょう》が、声《こえ》を落《お》として、ききました。

「この、なみだてものは、出《で》はじめると出《で》るもんだな。」

といって、かしらは、そでで目《め》をこすりました。

「かしら、よろこんでくだせえ、今度《こんど》こそは、おれたち四人《にん》、しっかり盗人根性《ぬすびとこんじょう》になってさぐってまいりました。釜《かま》え門《もん》は金《きん》の茶釜《ちゃがま》のある家《いえ》を五けん見《み》とどけますし、海老《えび》の丞《じょう》は、五《いつ》つの*1土蔵《どぞう》の錠《じょう》をよく調《しら》べて、曲《ま》がったくぎ一本《ぽん》で、開《あ》けられることをたしかめますし、大工《だいく》のあっしは、このこぎりで、難《なん》なく切《き》れる*2家《や》じりを五《いつ》つ見《み》てきましたし、角兵衛《かくべえ》は角兵衛《かくべえ》でまた、*3足駄《あしだ》ばきでとびこえられるへいを五《いつ》つ見《み》てきました。かしら、おれたちは、ほめていただきとうございます。」

と、鉋太郎《かんなたろう》が意気《いき》ごんでいいました。

しかしかしらは、それに答《こた》えないで、

「わしは、この子牛《こうし》をあずけられたのだ。ところが、いまだに、取《と》りにこないので弱《よわ》っているところだ。すまねえが、おまえら、手分《てわ》けして、あずけていった子《こ》どもをさがしてくれねえか。」

＊1土蔵《どぞう》…日本の伝統的《でんとうてき》な、建物《たてもの》のつくりの一《ひと》つ。かべを、土《つち》やしっくいで、あつく、ぬりかためた蔵《くら》。＊2家《や》じり…家《いえ》・蔵《くら》などの後《うし》ろのほう。＊3足駄《あしだ》…雨《あめ》の日《ひ》などにはく、高《たか》い歯《は》のげた。

「かしら、あずかった子牛《こうし》を返《かえ》すのですか。」

と、釜《かま》え門《もん》が、のみこめないような顔《かお》でいいました。

「そうだ。」

「盗人《ぬすびと》でも、そんなことをするのでごぜえますか。」

「それには、わけがあるのだ。これだけは返《かえ》すのだ。」

「かしら、もっとしっかり盗人根性《ぬすびとこんじょう》になってくだせえよ。」

と、鉋太郎《かんなたろう》がいいました。

かしらは、にがわらいしながら、弟子《でし》たちにわけを細《こま》かく話《はな》して聞《き》かせました。わけを聞《き》いてみれば、みんなには、かしらの*1心持《こころも》ちがよくわかりました。

そこで弟子《でし》たちは、今度《こんど》は、子《こ》どもをさがしに行《い》くことになりま

した。

「わらじをはいた、かわいらしい、七《なな》つぐれえの男《おとこ》ぼうずなんですね。」

とねんをおして、四人《にん》の弟子《でし》は、ちっていきました。かしらも、もうじっとしておれなくて、子牛《こうし》を引《ひ》きながら、さがしに行《い》きました。

月《つき》の明《あ》かりに、＊2野《の》いばらと＊3うつぎの白《しろ》い花《はな》が、ほのかに見《み》えている村《むら》の夜《よる》を、＊4五人《にん》の大人《おとな》の盗人《ぬすびと》が、一ぴきの子牛《こうし》を引《ひ》きながら、子《こ》どもをさがして歩《ある》いていくのでありました。

かくれんぼのつづきで、まだあの子《こ》どもが、どこかにかくれているかもしれないというので、盗人《ぬすびと》たちは、＊5みみずの鳴《な》いている、＊6つじ堂《どう》のえんの下《した》や、柿《かき》の木《き》の上《うえ》や、物置《ものおき》の中《なか》や、いいにおいのする、

＊1心持《こころも》ち…気持《きも》ち。＊2野《の》いばら…バラ科《か》の木《き》。初夏《しょか》に、小《ちい》さくて白《しろ》い花《はな》がさく。＊3うつぎ…アジサイ科《か》の木《き》。初夏《しょか》に、たくさんの白《しろ》い花《はな》がさく。＊4五人《にん》…角兵衛《かくべえ》は少年《しょうねん》ですが、原文《げんぶん》にそろえています。＊5みみずの鳴《な》く…土《つち》の中《なか》で、虫《むし》のケラなどが「じいい」と鳴《な》く声《こえ》を、みみずの鳴《な》き声《ごえ》としたもの。＊6つじ堂《どう》…道《みち》ばたにたてられた、仏像《ぶつぞう》をまつる堂《どう》。

みかんの木《き》のかげを、さがしてみたのでした。人《ひと》にきいてもみたのでした。

しかし、ついにあの子《こ》どもは見《み》当《あ》たりませんでした。

百《ひゃく》しょうたちは、ちょうちんに火《ひ》を入《い》れてきて、子《こ》牛《うし》をてらしてみたのですが、こんな子牛《こうし》は、このあたりでは、見《み》たことがないというのでした。

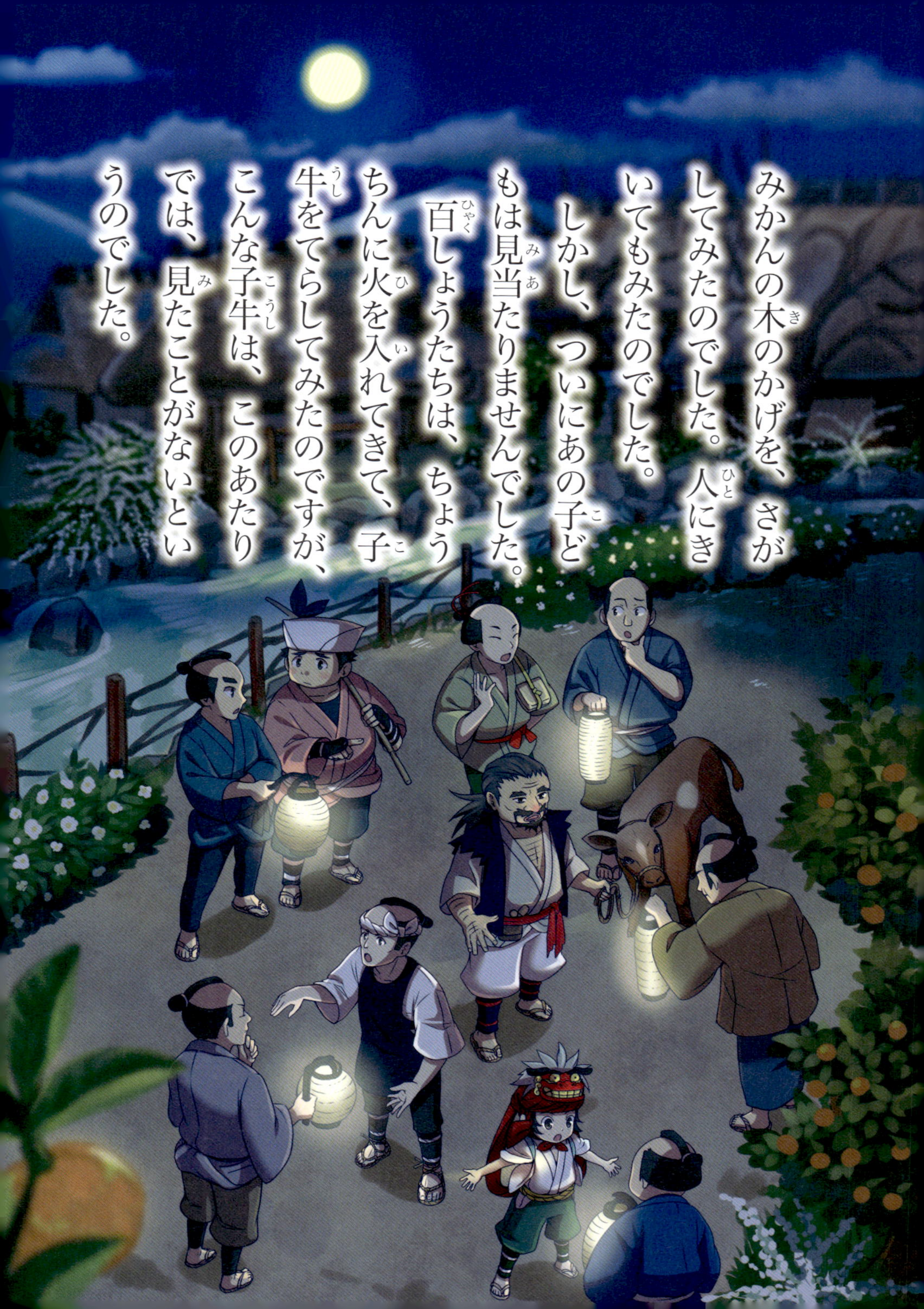

「かしら、こりゃ、*1夜《よ》っぴてさがしてもむだらしい、もう、よしましょう。」

と、海老《えび》の丞《じょう》がくたびれたように、道《みち》ばたの石《いし》にこしを下《お》ろしていいました。

「いや、どうしてもさがしだして、あの子《こ》どもに返《かえ》したいのだ。」

と、かしらは、聞《き》きませんでした。

「もう、手立《てだ》てがありませんよ。ただ一《ひと》つのこっている手立《てだ》ては、村役人《むらやくにん》のところへうったえることだが、かしらもまさかあそこへは行《い》きたくないでしょう。」

と、釜《かま》え門《もん》がいいました。村役人《むらやくにん》というのは、今《いま》でいえば*2駐在巡査《ちゅうざいじゅんさ》のようなものであります。

*1夜《よ》っぴて…一晩中《ひとばんじゅう》。　*2駐在巡査《ちゅうざいじゅんさ》…ここでは、物語《ものがたり》が書《か》かれた昭和初期《しょうわしょき》の、地域《ちいき》にとどまって住《す》みこみで警察事務《けいさつじむ》の仕事《しごと》をする警察官《けいさつかん》。

「うむ、そうか。」

と、かしらは考《かんが》えこみました。そしてしばらく子牛《こうし》の頭《あたま》をなでていましたが、やがて、

「じゃ、そこへ行《い》こう。」

といいました。そしてもう、歩《ある》きだしました。弟子《でし》たちはびっくりしましたが、ついていくより仕方《しかた》がありませんでした。

たずねて村役人《むらやくにん》の家《いえ》へ行《い》くと、あらわれたのは、鼻《はな》の先《さき》に落《お》ちかかるように、めがねをかけた老人《ろうじん》でしたので、盗人《ぬすびと》たちはまず安心《あんしん》しました。これなら、いざというときに、つきとばしてにげてしまえばいい、と思《おも》ったからであります。

かしらが、子《こ》どものことを話《はな》して、

「わしら、その子《こ》どもを、見《み》うしなって、こまっております。」

といいました。

老人《ろうじん》は、五人《にん》の顔《かお》を見回《みまわ》して、

「*1いっこう、このあたりで*2見受《みう》けぬ人《ひと》ばかりだが、どちらからまいった。」

と、ききました。

「わしら、江戸《えど》から西《にし》のほうへ行《い》く者《もの》です。」

「まさか、盗人《ぬすびと》では、あるまいの。」

「いや、とんでもない。わしらはみな、旅《たび》の職人《しょくにん》です。釜師《かまし》や大工《だいく》や錠前屋《じょうまえや》などです。」

と、かしらは、あわてていいました。

*1いっこう…まったく。ぜんぜん。　*2見受《みう》けぬ…見《み》かけない。

「うむ、いや、へんなことをいってすまなかった。お前《まえ》たちは、盗《ぬす》人《びと》ではない。盗人《ぬすびと》が物《もの》を返《かえ》すわけがないでの。盗人《ぬすびと》なら、物《もの》をあずかれば、これ幸《さいわ》いと[*1]くすねていってしまうはずだ。いや、せっかくよい心《こころ》で、そうしてとどけにきたのを、へんなことを申《もう》してすまなかった。いや、わしは役目《やくめ》がら、人《ひと》をうたがうくせになっているのじゃ。人《ひと》を見《み》さえすれば、こいつ、[*2]かたりじゃないか、すりじゃないかと思《おも》うようなわけさ。ま、悪《わる》く思《おも》わないでくれ。」

と、老人《ろうじん》はいいわけをして、あやまりました。そして、子牛《こうし》はあずかっておくことにして、下男《げなん》に物置《ものおき》のほうへつれていかせました。

「旅《たび》で、みなさんおつかれじゃろ、わしは今《いま》いい酒《さけ》を一《ひと》びん、西《にし》の館《やかた》の太郎《たろう》どんからもらったので、月《つき》を見《み》ながら、えん側《がわ》でやろう

としていたのじゃ。いいとこへみなさん来《こ》られた。ひとつ、つきあいなされ。」

ひとのよい老人《ろうじん》はそういって、五人《にん》の盗人《ぬすびと》を、えん側《がわ》につれていきました。

そこで酒《さけ》を飲《の》みはじめましたが、五人《にん》の盗人《ぬすびと》と一人《ひとり》の村役人《むらやくにん》は、すっかりくつろいで、十年《ねん》も前《まえ》からの知《し》り合《あ》いのように、ゆかいにわらったり、話《はな》したり

＊1くすねる……こっそり盗《ぬす》む。＊2かたり……金《かね》や品物《しなもの》をだましとる人《ひと》。

したのでありました。

するとまた、盗人《ぬすびと》のかしらは、自分《じぶん》の目《め》がなみだをこぼしていることに気《き》がつきました。それを見《み》た老人《ろうじん》の役人《やくにん》は、

「おまえさんは、*1なき上戸《じょうご》と見《み》える。わしはわらい上戸《じょうご》で、*2ないている人《ひと》を見《み》ると、よけいわらえてくる。どうか悪《わる》く思《おも》わんでください。

されや、わらうから。」

といって、口《くち》を開《あ》けてわらうのでした。

「いや、この、なみだというやつは、まことに、*3とめどなく出《で》るものだね。」

と、かしらは、目《め》をしばたきながら*4いいました。

それから五人《にん》の盗人《ぬすびと》は、お礼《れい》をいって村役人《むらやくにん》の家《いえ》を出《で》ました。

門《もん》を出《で》て、柿《かき》の木《き》のそばまで来《く》ると、何《なに》か思《おも》いだしたように、かしらが立《た》ちどまりました。

「かしら、何《なに》かわすれ物《もの》でもしましたか。」

と、鉋太郎《かんなたろう》がききました。

「うむ、わすれもんがある。おまえらも、いっしょに、もう一《いっ》ぺん来《こ》い。」

といって、かしらは弟子《でし》をつれて、また、役人《やくにん》の家《いえ》に入《はい》っていきました。

「ご老人《ろうじん》。」

と、かしらは、えん側《がわ》に手《て》をついていいました。

「なんだね、しんみりと。なき上戸《じょうご》[*5]のおくの手《て》が出《で》るかな。ははは。」

＊1なき上戸《じょうご》…酒《さけ》にようと、なくくせのある人《ひと》。＊2わらい上戸《じょうご》…酒《さけ》にようと、わらうくせのある人《ひと》。ちょっとしたことでも、よくわらう人《ひと》。＊3とめどなく…おわることがない。止《と》まることがない。＊4しばたく…「しばたたく」と同《おな》じ意味《いみ》で、目《め》をぱちぱちさせる。＊5おくの手《て》…めったに使《つか》わない、とっておきの方法《ほうほう》。

と、老人《ろうじん》はわらいました。

「わしらは、じつは盗人《ぬすびと》です。わしが、かしらで、これらは弟子《でし》です。」

それを聞《き》くと、老人《ろうじん》は目《め》を丸《まる》くしました。

「いや、びっくりなさるのは、ごもっともです。わしは、こんなことを、*1はくじょうするつもりじゃありませんでした。しかしご老人《ろうじん》が心《こころ》のよいお方《かた》で、わしらを*2まっとうな人間《にんげん》のように、信《しん》じていてくださるのを見《み》ては、わしはもうご老人《ろうじん》を、*3あざむいていることができなくなりました。」

そういって、盗人《ぬすびと》のかしらは、今《いま》までしてきた悪《わる》いことを、みなはくじょうしてしまいました。そしておしまいに、

＊1はくじょう…自分《じぶん》のおかした罪《つみ》やかくしていたことを、ありのままにいうこと。＊2まっとうな…まともな。まじめな。＊3あざむく…相手《あいて》を信《しん》らいさせておいて、だます。＊4じひ…あわれみ、いつくしむこと。なさけ。

「だが、これらは、きのうわしの弟子《でし》になったばかりで、まだ何《なに》も悪《わる》いことはしておりません。おじひ＊4で、どうぞ、これらだけはゆるしてやってください。」

と、いいました。

次《つぎ》の朝《あさ》、花《はな》のき村《むら》から、釜師《かまし》と錠前屋《じょうまえや》と大工《だいく》と角兵衛獅子《かくべえじし》とが、それぞれべつのほうへ出《で》ていきました。

四人《にん》はうつむきがちに、歩《ある》いていきました。かれらは、かしらのことを考《かんが》えていました。よいかしらであったと思《おも》っておりました。よいかしらだから、最後《さいご》にかしらが、

「盗人《ぬすびと》には、もう決《けっ》してなるな。」

といった言葉《ことば》を守《まも》らなければならないと、思《おも》っておりました。

角兵衛《かくべえ》は、川《かわ》のふちの草《くさ》の中《なか》から笛《ふえ》をひろって、ヒャラヒャラと鳴《な》らしていきました。

四

こうして五人《にん》の盗人《ぬすびと》は、*1改心《かいしん》したのでしたが、そのもとになったあの子《こ》どもは、いったいだれだったのでしょう。

花《はな》のき村《むら》の人々《ひとびと》は、村《むら》を盗人《ぬすびと》の*2難《なん》からすくってくれた、その子《こ》どもをさがしてみたのですが、けっきょくわからなくて、ついには、こういうことに決《き》まりました。——それは、土橋《どばし》の*3たもとに昔《むかし》からある、小《ちい》さい地《じ》ぞうさんだろう。わらじをはいていたというのが、しょうこである。なぜなら、どういうわけか、この地《じ》ぞうさんには村人《むらびと》たちがよくわらじをあげるので、ちょうどその日《ひ》も、新《あたら》しい、

*1改心《かいしん》…悪《わる》かったと気《き》づいて心《こころ》を入《い》れかえること。　*2難《なん》…わざわい。さいなん。　*3たもと…すぐそば。きわ。

小《ちい》さいわらじが、地《じ》ぞうさんの足元《あしもと》にあげられてあったのである。——というのでした。

地《じ》ぞうさんが、わらじをはいて歩《ある》いたというのは、ふしぎなことですが、世《よ》の中《なか》には、これくらいのふしぎはあっても、よいと思《おも》われます。

それに、これはもう昔《むかし》のことなのですから、どうだって、いいわけです。でも、これが、もしほんとうだったとすれば、花《はな》のき村《むら》の人々《ひとびと》が、みな心《こころ》のよい人々《ひとびと》だったので、地《じ》ぞうさんが、盗人《ぬすびと》からすくってくれたのです。そうならば、また、村《むら》というものは、心《こころ》のよい人々《ひとびと》が住《す》まねばならぬということにもなるのであります。

（「花《はな》のき村《むら》と盗人《ぬすびと》たち」おわり）

決《けつ》闘《とう》

絵／佐々木メエ

一

「犬《いぬ》」という字《じ》が一字《じ》きり、大《おお》きく黒板《こくばん》に書《か》かれてあります。

先生《せんせい》は、その前《まえ》を右《みぎ》へ行《い》ったり左《ひだり》へ行《い》ったり、ときにはそこから生徒《せいと》たちのほうへ下《お》りてきて、生徒《せいと》たちがせっせと作文《さくぶん》を書《か》いているのをのぞいたりします。

みんなは頭《あたま》を動《うご》かし動《うご》かし、犬《いぬ》のことを作文《さくぶん》に書《か》いています。家《いえ》でかっている犬《いぬ》のこと。かわいそうな、のら犬《いぬ》のこと。どこかの犬《いぬ》に、ほえつかれたこと。それぞれ、かわったことを書《か》いています。

いちばん後《うし》ろの、えんぴつけずりの前《まえ》では、酒屋《さかや》の次郎《じろう》くんがこ

つこつと書《か》いています。

先生《せんせい》が、書《か》く前《まえ》に何度《なんど》も「字《じ》を美《うつく》しく、きれいに書《か》かねばなりません」と注意《ちゅうい》なさったにもかかわらず、ごてごてと、きたなく書《か》きこんでいます。消《け》しゴムがそこにあるのに、書《か》きちがえると、指《ゆび》の先《さき》につばをつけてこすってしまいます。とてもめんどうくさくて、消《け》しゴムなんか使《つか》っていられません。

というのは、次郎《じろう》くんは、世界《せかい》じゅうでいちばんすきな「西郷隆《さいごうたか》盛《もり》」のことを書《か》いているからです。

「西郷隆盛《さいごうたかもり》」って、あの*大英雄《だいえいゆう》のことでしょうか？

そうではありません。それは、次郎《じろう》くんの作文《さくぶん》を読《よ》めば、わかります。

*大英雄《だいえいゆう》……ここでは、幕末《ばくまつ》・明治時代《めいじじだい》の薩摩藩士《さつまはんし》、軍人《ぐんじん》の西郷隆盛《さいごうたかもり》のこと。明治維新《めいじいしん》をみちびいた一人《ひとり》。

ぼくんちの犬《いぬ》は、西《さい》ごうたかもりという名《な》です。*1もう先《せん》お父《とう》さんが、あさがやの西川《にしかわ》さんちからもらってきました。西川《にしかわ》さんちには六《ろっ》ぴきも生《う》まれて、みんな、*2ごうけつの名《な》をつけました。*3秀《ひで》吉《よし》、*4ナポレオン、*5ばんずいん長《ちょう》べえ、*6とうごう大将《たいしょう》、*7猿飛《さるとび》佐助《さすけ》、西《さい》ごうたかもりであります。それでお父《とう》さんは西《さい》ごうたかもりをもらってきました。西《さい》ごうたかもりは、ぼくが大《だい》すきです。ぼくが西《さい》ごうたかもりとよぶと走《はし》ってきます。ぼくがボールを投《な》げてやるとひろってきます。そっとくわえてくるのでボールは、はれつしません。ミットでもひろってきます。くつでもぼうしでも、なんでもぼく

＊１もう先《せん》…ずっと前《まえ》。＊２ごうけつ…強《つよ》く、いさましい人《ひと》。＊３秀吉《ひでよし》…豊臣秀吉《とよとみひでよし》。安土桃山時代《あづちももやまじだい》、織田信長《おだのぶなが》のあとをついで、全国統一《ぜんこくとういつ》をした武将《ぶしょう》。＊４ナポレオン…ナポレオン一世《せい》。1800年代《ねんだい》はじめの、フランスの軍人皇帝《ぐんじんこうてい》。

が投《な》げてやると、ひろってきます。それで、そっとくわえてくるのでやぶれません。また西《さい》ごうたかもりはじっさい強《つよ》い。ほかの犬《いぬ》が来《き》ても西《さい》ごうたかもりが、ウウとうなると、こそこそと、にげていってしまいます。めったにワンと鳴《な》きません。ワンワンとよく鳴《な》く犬《いぬ》は、弱《よわ》んぼであります。それで西《さい》ごうたかもりが番《ばん》しているので、ぼくんちは、ごうとうが入《はい》ってもだいじょうぶです。

＊5ばんずいん長《ちょう》べえ…幡随院長兵衛《ばんずいいんちょうべえ》。江戸時代前期《えどじだいぜんき》の町人《ちょうにん》。＊6とうごう大将《たいしょう》…東郷平八郎《とうごうへいはちろう》。幕末《ばくまつ》・明治時代《めいじじだい》の、薩摩藩士《さつまはんし》、軍人《ぐんじん》。＊7猿飛佐助《さるとびさすけ》…小説《しょうせつ》などに登場《とうじょう》する忍者《にんじゃ》。

これで、おわかりでしょう。「西郷隆盛《さいごうたかもり》」というのは、次郎《じろう》くんちの犬《いぬ》のことです。

そんなことを、次郎《じろう》くんがこつこつ書《か》いている、すぐとなりのつくえでは、森川《もりかわ》くんがこんなことを書《か》いています。

前《まえ》からほしいほしいと思《おも》っていた犬《いぬ》を、お父《とう》さんが買《か》ってきてくれた。*1シェパードである。毛《け》がふさふさしていて軽《かる》く走《はし》るとき、それがゆらゆらゆれて見《み》るからに美《うつく》しい。

シェパードは、じゅんすいな犬《いぬ》である。シェパードは、だから頭《あたま》がよい。*2雑種《ざっしゅ》の犬《いぬ》は、頭《あたま》がよくない。*3北《きた》くんちの西《さい》ごうたかもりなんかは雑種《ざっしゅ》だから、りょう犬《けん》にはなれないと、犬屋《いぬや》の人《ひと》が語《かた》っ

てくれた――。

「筆をおいて」と、先生がおっしゃいました。みんなが筆をおくと、さらに、こうおっしゃいます。

「では、いちばん後《うし》ろの北次郎《きたじろう》くんから、読《よ》んでください。」

次郎《じろう》くんはあわてて、つくえのふたを引《ひ》っかけたり、ガタガタとそうぞうしく立《た》ちあがります。次郎《じろう》くんが立《た》ちあがるときはいつもそうなのですが、今日《きょう》は自分《じぶん》の作文《さくぶん》にむちゅうになっているので、よけいそういうことになります。

声《こえ》がふるえて、どもって、ちっともうまく読《よ》めません。まるで、しかられているように、どぎまぎして、やっと読《よ》みおわります。

＊1シェパード…ドイツの原産《げんさん》で、もともとは羊《ひつじ》の番《ばん》をする牧羊犬《ぼくようけん》。用心深《ようじんぶか》くゆうかんで、主人《しゅじん》の命令《めいれい》をよく聞《き》くので、警察犬《けいさつけん》・盲導犬《もうどうけん》などとしても活《かつ》やくしている。＊2雑種《ざっしゅ》…種類《しゅるい》または、品種《ひんしゅ》のちがうものの間《あいだ》にできた動植物《どうしょくぶつ》。＊3北《きた》くん…北次郎《きたじろう》くんのこと。＊4筆《ふで》をおく…書《か》くのをやめる。

どうです、西郷隆盛《さいごうたかもり》のすばらしいことはわかってくれましたか。

次郎《じろう》くんはこしを下《お》ろして、先生《せんせい》の顔《かお》を見《み》つめました。

「*1乙《おつ》の上《じょう》」と、先生《せんせい》は*2冷然《れいぜん》とおっしゃいます。

やれやれ。こんなにすばらしく書《か》いたのに、やっぱり乙《おつ》の上《じょう》か。

今度《こんど》は、森川《もりかわ》くんが立《た》ちあがって読《よ》みはじめました。

「――雑種《ざっしゅ》の犬《いぬ》は頭《あたま》がよくない。

北《きた》くんちの、西《さい》ごうたかもりなんかは、雑種《ざっしゅ》だから、りょう犬《けん》にはなれない――。」

それを聞《き》いて次郎《じろう》くんは、ぴくりと耳《みみ》を動《うご》かしました。そして、かんかんにおこってしまいました。

こんなぶじょく*3が、あるもんか。

次郎《じろう》くんは自分《じぶん》がぶじょくされたように、はらを立《た》てました。先生《せんせい》が見《み》ていなきゃ、今《いま》すぐおどりかかって、とくいの手《て》でノックアウトするところです。次郎《じろう》くんは、下《した》くちびるをかみしめて、こらえました。

*4「甲《こう》の上《じょう》」と、先生《せんせい》は次郎《じろう》くんの気持《きも》ちも知《し》らぬげに、森川《もりかわ》くんの作文《さくぶん》に、よい点《てん》をおつけになりました。

*1乙《おつ》…順番《じゅんばん》や順位《じゅんい》をあらわす言葉《ことば》で、二番目《ばんめ》の意味《いみ》。　*2冷然《れいぜん》と…思《おも》いやりのないようす。たいどがつめたいようす。
*3ぶじょく…相手《あいて》などを軽《かる》くみて、はじをかかせること。　*4甲《こう》…順番《じゅんばん》や順位《じゅんい》をあらわす言葉《ことば》で、一番目《ばんめ》の意味《いみ》。

二

次《つぎ》は、体《たい》そうの時間《じかん》です。

紅白《こうはく》のぼうしの列《れつ》が、東《ひがし》と西《にし》に向《む》きあって、ならんでいます。先生《せんせい》が、真《ま》ん中《なか》で笛《ふえ》をふきました。「わあっ」と、かん声《せい》が上《あ》がります。紅白《こうはく》の波《なみ》は、向《む》きあって進《すす》んできて、ぶつかります。それからは、入《い》りみだれて、ぼうしの*1取《と》りっくらです。勝負半《しょうぶなか》ばで、ふたたび笛《ふえ》が鳴《な》ります。すると、ぼうしを取《と》られた者《もの》も、まだ取《と》られない者《もの》も、さあっと東西《とうざい》に引《ひ》きあげていきます。

ところが、真《ま》ん中《なか》に二人《ふたり》の少年《しょうねん》が、おたがいに相手《あいて》のうでをつか

んだまま、にらみあって立《た》っています。足《あし》を、四方《しほう》にふんばって、*2いっかな動《うご》こうとしません。そのくせ、二人《ふたり》ともぼうしはとっくに取《と》られて、頭《あたま》は日《ひ》にさらされているのです。二人《ふたり》は、次郎《じろう》くんと森《もり》川《かわ》くんです。

先生《せんせい》が、ゆっくり近《ちか》よってこられました。

「おまえらは、何《なに》をやっているのか。」

と、わらって、おっしゃいます。

二人《ふたり》は、だまっています。

「すもうか。」

両側《りょうがわ》で、どっとわらい声《ごえ》がおこります。

「北《きた》くんが、はなさないんです。」

*1取《と》りっくら…取《と》りっこ。何人《なんにん》かであらそって、取《と》ること。　*2いっかな…どうしても。ぜんぜん。

と、森川《もりかわ》くんが、やっと口《くち》をききました。

「うそです。森川《もりかわ》くんが、はなさないんです。」

と、次郎《じろう》くんも、だまってはいません。

「そんな、猛獣《もうじゅう》みたいな顔《かお》をしていないで、さあ、分《わ》かれろ、分《わ》かれろ。」

そこで二人《ふたり》は相手《あいて》をはなして、自分自分《じぶんじぶん》の列《れつ》に帰《かえ》っていきました。ぼうし取《と》りがすむと、やれやれ、今度《こんど》は長《ちょう》きょり競走《きょうそう》です。コースは、学校《がっこう》の外側《そとがわ》をぐるぐると二周《しゅう》するのです。先生《せんせい》は、四キロとおっしゃいましたが、なんて長《なが》いコースでしょう。四キロって、こんなに長《なが》いのでしょうか。

スタートは切《き》られました。赤《あか》も白《しろ》も、クラス全部《ぜんぶ》の者《もの》が走《はし》るので

す。門《もん》を出《で》るときには、もう横《よこ》の列《れつ》が、たての列《れつ》にかわっていました。

＊しんがりは二人《ふたり》です。次郎《じろう》くんと森川《もりかわ》くんです。

次郎《じろう》くんは、なまけているのではありません。せいいっぱい走《はし》っているのです。それでも、しんがりです。いつもこうです。だから、長《ちょう》きょりはきらいです。

もっとも短《たん》きょりでも、次郎《じろう》

＊しんがり…列《れつ》や順番《じゅんばん》などのいちばんあと。また、最後《さいご》の人《ひと》。

くんは、いつもしんがりでした。けれど短《たん》きょりならば、あまり差《さ》が大《おお》きくならないうちに、決勝点《けっしょうてん》に着《つ》いてしまいます。ところが長《ちょう》きょりでは、そういうわけにはいきません。どんどん取《と》りのこされて、あたりを見回《みまわ》してもだれもいなくなってしまうのです。

いいえ、たった一人《ひとり》、道《みち》づれがいつもありました。それが森川《もりかわ》くんです。森川《もりかわ》くんも、やはり次郎《じろう》くんのように、せいいっぱい走《はし》るんですが、スピードが出《で》ないのです。いつもそうなのです。

第《だい》二の角《かど》を、次郎選手《じろうせんしゅ》と森川選手《もりかわせんしゅ》が、ほとんど同時《どうじ》に回《まわ》りました。すると二人《ふたり》は、もうすっかり取《と》りのこされてしまっていることを知《し》りました。前《まえ》を行《い》く者《もの》は、みなもう、第《だい》三の角《かど》を回《まわ》ってしまっていて、ひば垣《がき》[*1]ぞいのしずかな道《みち》には、とんぼがとんでいるばかりです。

いつもなら、このあたりで次郎《じろう》くんが、

「森川《もりかわ》くん、ゆっくり行《い》けよ。」

と、声《こえ》をかけるのです。すると森川《もりかわ》くんが、

「よしきた、と。」

とおうじて、二人《ふたり》は、だきょう[*2]するのです。そして、歩調《ほちょう》をゆるめることになっていました。しんがりになるには、一人《ひとり》より二人《ふたり》いっしょのほうが心強《こころづよ》いからでしょう。


ところが、今日《きょう》の次郎《じろう》くんはかたく口《くち》をむすんで、がんばりつづけます。息《いき》が切《き》れて、血《ち》をはいてたおれようと、森川《もりかわ》くんなんかには口《くち》をきかないぞ、といった決心《けっしん》のようです。そこで森川《もりかわ》くんも、何《なに》くそとがんばります。次郎《じろう》くんが一歩先《ぽさき》にリード[*3]したかと思《おも》うと、

＊1ひば垣《がき》…ひばの木《き》をならべて作《つく》った垣根《かきね》。＊2だきょう…おたがいの考《かんが》えなどを、ゆずりあうこと。ここでは、競《きそ》いあう二人《ふたり》が、あらそいをやめること。＊3リード…ここでは、勝負《しょうぶ》の場面《ばめん》で他《ほか》よりまさること。

森川《もりかわ》くんのがんばりがきいて、二人《ふたり》の順位《じゅんい》がぎゃくになってしまいます。まるで、火《ひ》の出《で》るような＊1接戦《せっせん》です。

次郎《じろう》くんは、横《よこ》はらが、いたくなってきました。

「横《よこ》はらのやつ、がまんしろ、がまんしろ。」

と口《くち》の中《なか》でいいながら、次郎《じろう》くんは、かけつづけます。

しかしとつぜん、次郎《じろう》くんは走《はし》るのをやめてしまいました。負《ま》けたってかまいやしない、どうともなれという、＊2不敵《ふてき》な気持《きも》ちになってしまいました。そして、のそのそと歩《ある》きはじめました。

「森川《もりかわ》くんのことなんか＊3眼中《がんちゅう》にないのだ」と、自分《じぶん》に向《む》かっていいました。それでいながら、森川《もりかわ》くんがどういう態度《たいど》をとるかが、気《き》にかかっています。

＊1接戦《せっせん》…力《ちから》が同《おな》じくらいで、はげしく勝《か》ち負《ま》けをせりあうこと。また、そのような戦《たたか》い。＊2不適《ふてき》…どきょうがあって、何事《なにごと》もおそれないこと。＊3眼中《がんちゅう》にない…気《き》にも、とめない。少《すこ》しも問題《もんだい》にしない。

森川《もりかわ》くんも、次郎《じろう》くんが歩《あゆ》みはじめると、すぐ、はりあいがなくなったように、走《はし》るのをやめてしまいました。二人《ふたり》はならんで、のそのそ歩《ある》いていきます。しかし、二人《ふたり》はおたがいに、見《み》も知《し》らぬ旅《たび》人《びと》のように、だまりこくっていきます。

あまり森川《もりかわ》くんが、すました顔《かお》をしているので、次郎《じろう》くんは、ますますしゃくにさわってきます。

「こいつ、みんなの前《まえ》で、ぼくんちの西郷隆盛《さいごうたかもり》に、はじをかかせて、それでいて、すましてやがる、[＊1]ふてぶてしいやつだ。」

と、次郎《じろう》くんは、はらの中《なか》でつぶやきながら、[＊2]ながし目《め》に森川《もりかわ》くんをにらんでやります。向《む》こうはそれに気《き》がついて、わざと[＊3]知《し》らんふりをします。もう、がまんがなりません。

「なんだい。」

と、次郎《じろう》くんはいってしまいました。

「シェパードなんかが。あんな犬《いぬ》は弱虫《よわむし》じゃないか。」

「きみんちの犬《いぬ》こそ、なんだい。あんな、のら犬《いぬ》に西郷隆盛《さいごうたかもり》なんて

つけて、まったく西郷隆盛《さいごうたかもり》がなくよ。」

「ひとの犬《いぬ》の悪口《わるくち》なんか、いわなくてもいいじゃないか。」

「悪口《わるくち》なんか、いいやしねえや。」

「じゃ、さっきの作文《さくぶん》はどうだ。」

「ほんとうのことを書《か》いただけさ。犬屋《いぬや》が、ほんとうにああいったんだから、しようがないや。」

「……。」

次郎《じろう》くんは議論《ぎろん》していた日《ひ》には、自分《じぶん》が負《ま》けだと思《おも》って、口《くち》をつ*4ぐんでしまいました。

　そして、とつぜん、

「じゃ、どっちの犬《いぬ》が強《つよ》いか、*5決闘《けっとう》させよう。」


*1ふてぶてしい…えんりょなく、ふるまうようす。ずうずうしい。　*2ながし目《め》…顔《かお》を向《む》けずに、横目《よこめ》で見《み》ること。

*3知《し》らんふり…知《し》らんぷりのこと。　*4つぐむ…口《くち》をとじて、ものをいわない。　*5決闘《けっとう》…ある取《と》りきめた方法《ほうほう》で戦《たたか》い、勝負《しょうぶ》をつけること。

と、いいました。

「よしきた。」

「今日《きょう》、学校《がっこう》が引《ひ》*1けてから、原《はら》っぱで。」

「オーケー。」

そのとき、クラスでいちばんよく走《はし》る工藤《くどう》くんが、

「やあ、しっけい。*2」

と声《こえ》をかけて、二人《ふたり》を追《お》いぬいていきました。

次郎《じろう》くんと森川《もりかわ》くんは、工藤《くどう》くんに一周《しゅう》おくれたわけです。

＊1引《ひ》ける…授業《じゅぎょう》が終《お》わる。 ＊2しっけい…ここでは、立《た》ちさるときの軽《かる》いあいさつで、「お先《さき》に」といういい方《かた》。

三

次郎《じろう》くんは、家《いえ》へ入《はい》るやいなや、

「西郷隆盛《さいごうたかもり》は？」

と、さけびました。

*1帳場《ちょうば》で、そろばんをはじいていたお母《かあ》さんが顔《かお》を上《あ》げて、

「まあなんだい、この子《こ》は、ただいまもいわないで。」

「西郷隆盛《さいごうたかもり》は、どこにいるかって、きいてるんだよう。」

次郎《じろう》くんは、*2血相《けっそう》をかえています。

「何《なに》いってんだよう、お母《かあ》さんは犬《いぬ》の番《ばん》じゃないよ。」

*1帳場《ちょうば》…商店《しょうてん》・旅館《りょかん》・料理屋《りょうりや》などの会計《かいけい》を取《と》りしきる所《ところ》。　*2血相《けっそう》…顔《かお》のようす。顔《かお》つき。

次郎《じろう》くんは、かばんをお母《かあ》さんの横《よこ》へ、どしんと投《な》げだしておいて、ぼうしも取《と》らないでうら口《ぐち》へ行《い》き、

「西郷隆盛《さいごうたかもり》、西郷隆盛《さいごうたかもり》！」

と、かん高《だか》い声《こえ》でさけびました。

西郷隆盛《さいごうたかもり》は、その声《こえ》におうじて板《いた》べいの下《した》をくぐり、しおん[*1]をかきわけて、すがたをあらわした。

「来《こ》い！」

とよぶと、転《ころ》がるようにかけよってきて、次郎《じろう》くんの周囲《しゅうい》を目《め》が回《まわ》るほど、せわしく、くるいまわります。

やっとこさでそいつをだきとめて、次郎《じろう》くんは、呼吸《こきゅう》のはげしい西郷隆盛《さいごうたかもり》の顔《かお》と、自分《じぶん》の顔《かお》をすりあわせました。

「いいかい、シェパードなんかこわがることはないよ。しっかりやるんだぜ。ビスケットをうんとおごるからね。」

西郷隆盛《さいごうたかもり》は、はしゃいでばかりいて、次郎《じろう》くんのいうことなど、ちっとも聞《き》きません。しかしこのくらい元気《げんき》ならだいじょうぶだと、次郎《じろう》くんは安心《あんしん》しました。

それから三十分《ぷん》ほどすると、次郎《じろう》くんは西郷隆盛《さいごうたかもり》をつれて、約束《やくそく》の原《はら》っぱに来《き》ていました。

まだ森川《もりかわ》くんは来《き》ていないので、原《はら》の真《ま》ん中《なか》あたりの＊2尾花《おばな》の草《くさ》むらのそばへ行《い》って、犬《いぬ》といっしょにこしを下《お》ろしました。犬《いぬ》は、広《ひろ》い所《ところ》に来《き》たので、走《はし》りたくてむずむずするのですが、次郎《じろう》くんは戦《たたか》いの前《まえ》に、＊3てきとうの休息《きゅうそく》をあたえることがひつようだと考《かんが》えてい

＊1しおん…キク科《か》の植物《しょくぶつ》。秋《あき》に、うすむらさきの花《はな》がさく。　＊2尾花《おばな》…ここでは、すすきのこと。　＊3てきとう…ここでは、分量《ぶんりょう》、ていどがほどよいこと。

ますので、しっかりあごのところをつかんでいて、はなしません。

次郎《じろう》くんは、少《すこ》し、不安《ふあん》になってきました。まだ、森川《もりかわ》くんちのシェパードを見《み》たことがありません。ひょっとすると、ときどき見《み》かけるような、小牛《こうし》ほどもある大犬《おおいぬ》かもしれません。そんなのにかかっては、西郷隆盛《さいごうたかもり》だって、かなわないでしょう。

しかし、そんな大犬《おおいぬ》は、そうざら＊1にあるもんじゃないから……。

とそのとき、向《む》こうの坂道《さかみち》に、森川《もりかわ》くんのすがたがあらわれました。そのあとから、はじめて見《み》るシェパードが、ひょいひょいと軽《かる》い足《あし》どりで、しかもゆったりと走《はし》ってきます。次郎《じろう》くんが心配《しんぱい》していたほど、大《おお》きくはありません。しかし毛《け》がふさふさして、りっぱな犬《いぬ》であります。次郎《じろう》くんは、ちょいと、うらやましくなりました。

＊１ざら…たくさんあって、めずらしくないようす。＊２もうぜんと…いきおいの、はげしいようす。

でも、強《つよ》さの点《てん》では、と次郎《じろう》くんは、西郷隆盛《さいごうたかもり》にまだ、のぞみをうしないません。

森川《もりかわ》くんが、十メートルほど先《さき》まで来《き》たとき、西郷隆盛《さいごうたかもり》は、シェパードを見《み》つけて、むっくり体《からだ》を起《お》こしました。次郎《じろう》くんは、手《て》をはなしました。西郷隆盛《さいごうたかもり》は、*2 もうぜんと向《む》かってゆきました。

森川《もりかわ》くんも、そのとき体《からだ》をわきによけて、シェパードに道《みち》を開《あ》けてやりました。

いよいよ、犬同士《いぬどうし》の決闘《けっとう》です。

森川《もりかわ》くんも次郎《じろう》くんも、口《くち》に出《だ》しては、なんともいいません。しかし、心《こころ》の中《なか》では、おたがいに自分《じぶん》の犬《いぬ》に向《む》かって「おし、おし」と、いきおいをつけています。

次郎《じろう》くんは、いつの間《ま》にか、すすきのほを引《ひ》きぬいて、人《ひと》さし指《ゆび》にかたくまきつけていました。

西郷隆盛《さいごうたかもり》は、シェパードと二メートルほどへだたった所《ところ》まで行《い》くと、ぴたっと止《と》まって、シェパードとにらみあっていました。*1

——と次郎《じろう》くんと森川《もりかわ》くんは思《おも》えたのですが、じつはにらみあっ

たのではありません。これが犬《いぬ》の仲間《なかま》では、あいさつであります。

心《こころ》をはりつめていた二人《ふたり》は、がっかりしました。犬《いぬ》は、*2一向《いっこう》、決《けっ》闘《とう》をしようとはいたしません。決闘《けっとう》どころか、鼻《はな》をすりあわせたり、おたがいの体《からだ》をかぎあったり、そして、おしまいには、ずっと以前《いぜん》からなかよしだったもののように、森川《もりかわ》くんと次郎《じろう》くんをおきざりにして、あっちへならんでいってしまいました。

「だめだなあ。」

と、次郎《じろう》くんは口《くち》に出《だ》していいましたが、やや、ほっとした気持《きも》ちです。

二人《ふたり》にはそのとき、つまらないことでおこりあった自分《じぶん》たちより、犬同士《いぬどうし》のほうが、はるかに、りこうなように思《おも》えました。

*1へだたる…遠《とお》くはなれる。　*2一向《いっこう》…一向《いっこう》に。ちっとも。ぜんぜん。

そして二人《ふたり》は、*1つねづね自分《じぶん》たちがなかよしで、長《ちょう》きょり競走《きょうそう》のときには、いつもそろって、しんがりをすることなどを思《おも》いだしました。なぜ敵対《てきたい》したのか、わからなくなってしまいました。

次郎《じろう》くんは、つかつかと歩《ある》いていって、

「ぼく、あやまるよ。」

と、いいました。

「きみばかりが悪《わる》いんじゃないよ。」

と、森川《もりかわ》くんも、*2やや顔《かお》を赤《あか》らめていいました。それから、にこにこしながら、

「もう、こんなこと、いいじゃないか。」

「うん。」

*1つねづね…いつも。ふだん。　*2やや…少《すこ》し。いくらか。

「あのね、ぼくんち、これからきみんちで、しょうゆを買《か》うって、お母《かあ》さんいってたよ。」

「そうかい。」

それから次郎《じろう》くんは、お父《とう》さんのまねをして、

「毎度《まいど》ありがとうございます。」

といって、ぴょこんと頭《あたま》を下《さ》げました。

そして、二人《ふたり》は、

「あは、は、は。」

と、せいいっぱいにわらいだしました。


（「決闘《けっとう》」おわり）

でんでんむしのかなしみ

絵／千野えなが

いっぴきの　でんでんむしが　ありました。
ある　ひ、その　でんでんむしは　たいへんな　ことに　きが
つきました。
「わたしは　いままで　うっかりして　いたけれど、わたしの
せなかの　からの　なかには、かなしみが　いっぱい　つまって
いるでは　ないか。」
この　かなしみは、どう　したら　よいでしょう。
おともだちの　でんでんむしの　ところに、やって　いきました。
「わたしは、もう　いきて　いられません。」
と　その　でんでんむしは、おともだちに　いいました。
「なんですか。」

と、おともだちの　でんでんむしは、ききました。

「わたしは、なんと　いう　ふしあわせな　ものでしょう。わたしの　せなかの　からの　なかには、かなしみが　いっぱい　つまって　いるのです。」

と　はじめの　でんでんむしが　はなしました。

すると　おともだちの　でんでんむしは　いいました。

「あなたばかりでは　ありません。わたしの　せなかにも、かなしみはいっぱいです。」

それじゃ　しかたないと　おもって、はじめの　でんでんむしは、べつの　おともだちの　ところへ　いきました。

すると、その　おともだちも　いいました。

「あなたばかりじゃ、ありません。わたしの　せなかにも　かなしみは　いっぱいです。」

そこで、はじめの　でんでんむしは　また　べつの　おともだちの　ところへ　いきました。

こうして、おともだちを　じゅんじゅんに　たずねて　いきましたが、どの　ともだちも、おなじ　ことを　いうので　ありました。

とうとう　はじめの　でんでんむしは、きが　つきました。
「かなしみは、だれでも　もって　いるのだ。わたしばかりでは
ないのだ。わたしは、わたしの　かなしみを　こらえて
いかなきゃ　ならない。」
そして、この　でんでんむしは、もう、なげくのを　やめたので
あります。

（「でんでんむしのかなしみ」おわり）

「短《みじか》いお話《はなし》」のおもしろさを味《あじ》わってください

解説《かいせつ》・藤田《ふじた》のぼる

この本《ほん》には、新美南吉《にいみなんきち》の書《か》いた五作品《さくひん》が入《はい》っています。まず、作者《さくしゃ》の新美南吉《にいみなんきち》についてお話《はな》ししましょう。南吉《なんきち》が生《う》まれたのは愛知県半田市《あいちけんはんだし》で、平成《へいせい》の前《まえ》の昭《しょう》和《わ》の、もう一《ひと》つ前《まえ》の「大正《たいしょう》」の時代《じだい》、今《いま》から百年《ねん》あまり前《まえ》です。今《いま》は百歳《さい》をこえる人《ひと》もそんなにめずらしくありませんから、新美南吉《にいみなんきち》が生《い》きていてもふしぎではないのですが、南吉《なんきち》は二十九歳《さい》というわかさで亡《な》くなりました。それでも、百二十をこえる童話《どうわ》を書《か》いたのです。その中《なか》で、いちばん有名《ゆうめい》な作品《さくひん》は、この本《ほん》にも入《はい》っている「ごんぎつね」です。みなさんも、国語《こくご》の教科書《きょうかしょ》でもう読《よ》んだか、これからかならず読《よ》むはずです。

この「ごんぎつね」を書《か》いたのが、南吉《なんきち》がまだ十八歳《さい》のときだったというのは、ちょっとおどろきです。その後《ご》、外語学校《がいごがっこう》に入《はい》り、女学校《じょがっこう》（今《いま》でいえば女子高校《じょしこうこう》）で英語《えいご》などを教《おし》えながら、亡《な》くなる少《すこ》し前《まえ》まで童話《どうわ》を書《か》きつづけました。

さて、この一さつの中《なか》に五《いつ》つのお話《はなし》が入《はい》っているわけですから、一《ひと》つ一《ひと》つのお話《はなし》は短《みじか》いです。最後《さいご》の「でんでんむしのかなしみ」などは、原稿用紙《げんこうようし》二から三まい分《ぶん》くらいでしょう。みなさんが書《か》く作文《さくぶん》のほうがまだ長《なが》いかもしれません。でも、新美南吉《にいみなんきち》が書《か》いた短《みじか》いお話《はなし》には、一さつ分《ぶん》の長《なが》い物語《ものがたり》とはまたべつのおもしろさがあります。ここでは、それを三《みっ》つあげてみましょう。

まず、短《みじか》い作品《さくひん》の場合《ばあい》は、ストーリーがぎゅっとつまっているということです。

「ごんぎつね」を読《よ》んでいると、ページをめくるごとに、ハラハラしたり、ごんをおうえんしたくなったり、そして最後《さいご》はとても悲《かな》しい結末《けつまつ》になります。「決闘《けっとう》」では、次郎《じろう》くんと森川《もりかわ》くんのやりとりに、思《おも》わずわらってしまいます。南吉《なんきち》の作品《さくひん》は、そんなふうに、短《みじか》い間《あいだ》に、ないたりわらったりさせてくれます。

二《ふた》つ目《め》は、情景《じょうけい》の美《うつく》しさです。「手《て》ぶくろを買《か》いに」の最初《さいしょ》の場面《ばめん》、白《しろ》い雪《ゆき》の

まぶしさがわたしたちの目《め》にもとびこんでくるようです。「花《はな》のき村《むら》と盗人《ぬすびと》たち」では、盗人《ぬすびと》のかしらの心《こころ》さえもきれいにしてくれる、村《むら》の、のどかな風景《ふうけい》が目《め》にうかびます。そして三《みっ》つ目《め》は、読《よ》んだあとに心《こころ》にのこるさまざまな思《おも》いです。ちょっとむずかしい言葉《ことば》で「余韻《よいん》がのこる」といいますが、読《よ》んだあと、なんともいえない気持《きも》ちが心《こころ》に広《ひろ》がるのです。「ごんぎつね」は、たしかに悲《かな》しい結《けつ》末《まつ》ですが、ただ悲《かな》しいというだけでなく、最後《さいご》にごんの気持《きも》ちがようやく兵十《ひょうじゅう》につたわった安心感《あんしんかん》のようなものも少《すこ》しあり、だからこそよけいに、時間《じかん》を元《もと》にもどしたいようなせつない気持《きも》ちが広《ひろ》がります。また、最後《さいご》の「でんでんむしのかなしみ」では、「かなしみはだれでももっているのだ」というでんでんむしのつぶやきが、まるで自分《じぶん》のつぶやきのように、心《こころ》にしみてきます。

先《さき》に書《か》いたように、作者《さくしゃ》の新美南吉《にいみなんきち》は、二十九歳《さい》のわかさでこの世《よ》をさりましたが、かれが書《か》いた多《おお》くのお話《はなし》は、百年《ねん》も二百年《ねん》も、読《よ》む者《もの》の心《こころ》に生《い》きつづけるでしょう。

藤田のぼる（ふじた　のぼる）
私立小学校教論を経て、日本児童文学者協会に勤務。現在、副理事長。児童文学の評論、創作の両面で活躍。東洋大学他講師。著書に「児童文学への３つの質問」、創作に「麦畑になれなかった屋根たち」、第61回産経児童出版文化賞フジテレビ賞受賞作品「みんなの家出」ほか。

日本の名作《めいさく》にふれてみませんか

監修 元梅花女子大学専任教授　加藤康子

人《ひと》は話《はなし》がすき

人《ひと》は話《はなし》がすきです。うれしかった、悲《かな》しかったなど、心《こころ》が動《うご》いたときに、その気持《きも》ちをだれかに話《はな》したくなりませんか。わくわくしている人《ひと》の話《はなし》を聞《き》きたくなりませんか。どの地域《ちいき》でも、どの時代《じだい》でも、人《ひと》は話《はなし》がすきです。文章《ぶんしょう》で書《か》き記《しる》し、多《おお》くの人々《ひとびと》が夢中《むちゅう》になって、受《う》けついできた話《はなし》が「名作《めいさく》」です。人々《ひとびと》の心《こころ》を動《うご》かしてきた日本の「名作《めいさく》」の物語《ものがたり》をあなたにおとどけします。

「名作《めいさく》」の力《ちから》

「名作《めいさく》」には内容《ないよう》にも言葉《ことば》にも力《ちから》があります。一人《ひとり》で読《よ》むと、想像《そうぞう》が広《ひろ》がり、物《もの》語《がたり》の世界《せかい》を体験《たいけん》したような思《おも》いがして、心《こころ》が動《うご》きます。

さらに、読《よ》む年《ねん》れいによって、いろいろな感想《かんそう》や意見《いけん》が生《う》まれます。小学生《しょうがくせい》のときにふしぎだったことが、経験《けいけん》をつんで大人《おとな》になるとなっとくでき、新《あたら》しい考《かんが》え方《かた》をすることがあります。

「名作《めいさく》」の物語《ものがたり》の世界《せかい》は、読《よ》む人《ひと》の中《なか》で、広《ひろ》く深《ふか》く長《なが》く生《い》きつづけるのです。

「名作《めいさく》」は宝物《たからもの》

今《いま》、あなたは日本の「名作《めいさく》」と出会《であ》ったことでしょう。このシリーズでは、みなさんが楽《たの》しめるように、文章《ぶんしょう》やさし絵《え》などを工夫《くふう》しています。ページをめくって、作品《さくひん》にふれてみてください。

そして、年《とし》を重《かさ》ねてから読《よ》みかえしてみてください。できれば、原作《げんさく》の文章《ぶんしょう》や文字《もじ》づかいにも挑戦《ちょうせん》してください。この「名作《めいさく》」は、あなたの一生《いっしょう》の宝物《たからもの》です。

絵（手ぶくろを買いに、でんでんむしのかなしみ）　**千野えなが**（せんの　えなが）

作品に『らくだい魔女シリーズ』（ポプラ社）、『この子だれの子』（講談社）、『水瓶座の少女　アレーア』シリーズ（Gakken）ほか、作品多数。多くの書籍の装丁画、挿絵などで活躍中。鳥や虫が好き。

絵（ごんぎつね）　**pon-marsh**（ぽん・まーしゅ）

作品に『さよなら、アルマ ぼくの犬が戦争に』（集英社）、『飛べ！千羽づる―ヒロシマの少女 佐々木禎子さんの記録―』（講談社）、『イチゴの村のお話たち』シリーズ（Gakken）などの挿絵がある。

絵（花のき村と盗人たち）　**たはらひとえ**

作品に『ナポレオンと名探偵！タイムスリップ探偵団 フランスへ』（講談社）、『昆虫大集合！まちがいさがし』（高橋書店）、『10歳までに読みたい世界名作23巻 王子とこじき』(Gakken）などがある。

絵（決闘）　**佐々木メエ**（ささき　めえ）

作品に『ギリシア神話ふしぎな世界の神様たち』（集英社）、『10歳までに読みたい世界名作7巻 小公女セーラ』『10歳までに読みたい日本名作4巻 里見八犬伝』（ともにGakken）など、多数。

監修　**加藤康子**（かとう　やすこ）

愛知県生まれ。東京学芸大学大学院（国語教育・古典文学専攻）修士課程修了。中学・高校の国語教員を経て、梅花女子大学で教員として近代以前の日本児童文学などを担当。その後、東海大学などで、日本近世文学を中心に授業を行う。

協力／新美南吉記念館、安城市

10歳までに読みたい日本名作５巻

手ぶくろを買いに/ごんぎつね

2017年９月12日　第１刷発行
2024年５月10日　第９刷発行

作／新美南吉
絵／千野えなが　pon-marsh
　　たはらひとえ　佐々木メエ
監修／加藤康子
解説／藤田のぼる

装幀・デザイン/石井真由美（It design)
本文デザイン/ダイアートプランニング
　　　　大場由紀

発行人／土屋 徹
編集人／芳賀靖彦
企画編集／松山明代　岡澤あやこ
編集協力／勝家順子　橋本京子　上埜真紀子　入澤宣幸
ＤＴＰ／株式会社アド・クレール
発行所／株式会社Gakken
〒141-8416 東京都品川区西五反田2-11-8
印刷所／株式会社広済堂ネクスト

この本は環境負荷の少ない下記の方法で製作しました。
●製版フィルムを使用しないCTP方式で印刷しました。
●一部ベジタブルインキを使用しました。
●環境に配慮して作られた紙を使用しています。

この本に関する各種お問い合わせ先
●本の内容については、下記サイトのお問い合わせフォームよりお願いします。
https://www.corp-gakken.co.jp/contact/
●在庫については　Tel 03-6431-1197（販売部）
●不良品（落丁、乱丁）については　Tel 0570-000577
学研業務センター　〒354-0045　埼玉県入間郡三芳町上富279-1
●上記以外のお問い合わせは　Tel 0570-056-710（学研グループ総合案内）

NDC913　154P　21cm

学研グループの書籍・雑誌についての新刊情報・詳細情報は、下記をご覧ください。
学研出版サイト　https://hon.gakken.jp/

物語《ものがたり》を読《よ》んで、
想像《そうぞう》のつばさを
大《おお》きく羽《は》ばたかせよう！
読書《どくしょ》の幅《はば》を
どんどん広《ひろ》げよう！

シリーズキャラクター
「名作《めいさく》くん」

また、あおう！